U0626794

女佣手记

盛可以 著

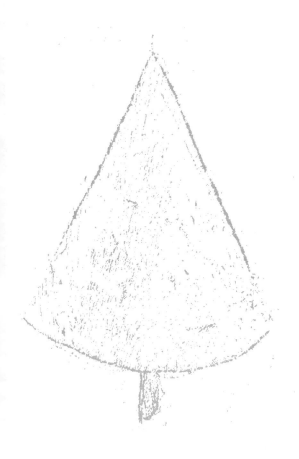

北 京 出 版 集 团
北京十月文艺出版社

我是乡下人，在街上做事，当保姆。我自己没什么好讲的，有点麻烦，但不算个事。做了二十年保姆，有人看不起，有人看得起，一样米养出百样人，这也没什么好讲的。见过很多事，没钱的，各自作孽，有钱的，偷生偷养。现在的社会，就是这样，没什么奇怪的。

父亲死时，我回去住了几天。离开的年数久了，到处都变了。房子越砌越多，坟墓也添了不少。空气是臭的，池塘里都是黑水。村里铺了水泥路，有了路灯，听说政府出的钱，有人拿提成，有人得了利，路修得不宽，没多久到处是坑。自来水也通了，水质一时绿，一时黄，检测两年了，一直没下文。

环境坏了，女人们在烂泥里开花，越来越爱美。学城里人的做法，文眉毛画眼眶，穿超短裙、黑丝袜，不管是水牛腿、罗圈腿，什么都往上面套，穿着高跟鞋去园里摘辣椒，踩得地球咔咔响。有的女人脸上浮肿，因为整了容，割双眼皮，磨腮，抽脂，在脸上动刀子，搞坏了脸。

农业机械化，女人解放了，骨头也懒了，只爱动嘴皮子闲扯。我后来晓得，村里的女人，各有各的烦。满月脸的胖女人，男人经常在外面做道场，替死人超度，得了一个儿子，但不是他的；有呼吸道病的瘪胸女人，肋骨一道一道，她男人爱乱搞，病是气出来的；穿超短裙的黑女人，经常被男人打，嗓门大，心眼窄，婆媳关系不好，碰面就吵，吵死了男人，四十几岁就守了寡。

最有故事的是李脆红。李脆红离了婚，在街上做工，换过几个男人，还带过一个回乡，在菜园里摘辣椒，最后还是分了。她经常回来，和前夫睡觉，又不肯复婚，把前夫毛三斤吊得黄皮寡瘦。后来，毛三斤留下一个姓马的女人，比李脆红小两岁，手脚粗，皮肤不白，对毛三斤好，人也贤惠，到处收拾得干干净净，但她还没离婚。

毛三斤养父死时，两个女人抵了面。没人通知李脆红，她自己来的。来了就和马姓女人争地位，比资格，隔着棺材对骂，最后短兵相接，揪头发厮打。旁边人看热闹，都晓得这一架是打给毛三斤看的，看他维护哪一个。

乡里丧事有规矩，讲究名分，毛三斤不晓得该选谁披孝，两个女人斗鸡一样，互相啄脑壳，拿眼睛瞟他，他就像一丁点赌注都没下的局外人。

毛三斤觉得风光，女人公开为自己打架，这种荣耀没几个男人有，巴不得她们打久一点，反正死的是他没有感情的养父，老头不死，他还不晓得自己这么重要。

妇女们讲起这件事都很来劲。

"我跟李脆红是老同。她嫁毛三斤时，我刚生头胎。老一辈讲，坐月子不能下床，不能洗澡，那些迎风爱流泪、变天骨头酸的女人，都是坐月子不守规矩落下的病。我不信这个邪。一个月不洗澡，不洗脑壳，人跟猪一样臭。一个月不见天光，更要不得，又不是阴干做咸菜。新媳妇进门不去看热闹，就像看见地上有钱不动手，眼睁睁看着别人捡了。我当时就站在地坪上，鞭炮噼里啪啦，烟雾笼天，我看见李脆红跨进大门槛，大腿夹得绷紧的，抬脚的姿势，是个黄花闺女的样子。当然了，生完崽就不是这样了。"

"女人生崽就变，跨沟迈坎，不怕撕破胯。再说了，我们乡下人，要斯文有什么用？"

"变成女人，就没人再说你，姑娘家，不要这样，不要那样。"

"做女人好，要多自由就有多自由。"

"我看还是做姑娘的时候值钱。"

她们忽然讲到李脆红的女儿：

"小花啊，我是看着她长大的，真的是个好姑娘，又乖，又会读书，可惜了。几条命哩。"

"听说她是后背落地，两只手抱着小孩，好像怕他们摔坏了。血像蛇从她的脑壳里钻出来，爬到草丛中。她身体是好的，裤子崩开了，里头的肉白得晃眼珠。两个小孩，一边一个，好像睡着了，没伤口，也没血。雨像蚂蚁爬上他们的身体，衣服慢慢变了色，脸上也是水。小男孩穿着蓝睡衣，打赤脚，小女孩裹在一件袍子里。两个小孩雪白的，都有一双大眼睛，眼睛眯起来，像白纸上画的两道黑括弧。"

我给毛小花当过保姆。毛小花长得乖，死得惨。我没看现场，怕做噩梦。两个小孩我都抱过。出事时我在厨房煮饭。警察找我问话，好像我晓得她为什么会从十八楼掉下去。他们问这问那，我一身都在颤抖——我也是有孩子的人哩。

"案发前，毛小花有什么异常表现？平时精神正不正常？夫妻关系怎么样？"他们的问题很多，我脑壳里头一片空白，没答上几句，说得也不连贯。

老李骑摩托车带我回家，我像个傻子，脑壳里头放电影。我想不通毛小花为什么会掉下去。老李也跟警察一样发问，好像我晓得她的秘密。我跟他讲不清。

女人们说，毛小花读大学，被有钱人搞大了肚子，毕业生崽，住两百平方米的大屋，一天班都没上过，生的小孩漂亮得要命。关于小花，她们只晓得这个大概，说些"干得好不如嫁得好"

的风凉话，还挖苦小花，说她势利眼，只爱钱。这种不晓得内情的话，我听了都替小花感到难过。

有些事情，后面我会讲出来的。

小花的男人姓钱，大她二十岁，她平时就叫他老钱。身高、相貌都好，看不出有什么毛病。老钱经常出差，家里像酒店，一个月回来住两三天。给小花留了张信用卡，随她用。她有时一个月刷几万。益阳这种小地方没什么买的，她在网上找人代购进口货，一双拖鞋都好几百。有的东西买回来不喜欢，顺手送给我。

小花还小的时候，人们就讲，凭她那双大眼睛就值一栋房子，毛三斤将来会享女儿的福。那时大家都穷，饿一餐饱一顿，但毛三斤家格外穷。他尖下巴，话少，不爱笑。李脆红嫁过来，他笑得皱巴巴的，亲自在门窗上贴"喜"字。

听老一辈讲，毛三斤本该姓柴，生下来被送人，没生育的毛一龙两公婆领养了他，就姓了毛，抱回来过秤，只有三斤重，顺嘴取名毛三斤。过了三四年，养母忽然怀孕了，而且开了头便停不下，接连生了两男一女。毛三斤被挤到一边，没人搭理。就算他使劲劳动，也没人爱。讨老婆也没人帮忙，自己挖泥巴做砖，砌了两间茅草屋。

毛三斤不高兴，有他的道理，这种生活，他怎么笑得出来呢。看他那张脸，都担心他夜里拎把砍柴刀，将养父母一家人的脑壳砍下来，或者自己抹脖子。直到他结了婚，人们才松了一口气。

毛三斤会捉蛇。没有哪一条蛇能逃得过他的手掌心。毒蛇价格好，尤其是竹叶青、银环蛇，不易遇到，但他总有好运。有人看他就这样盘活一家人，便学他穿长水靴，拿根棍子在野草里拨来拨去。有人捉不到蛇。有人被蛇咬死。后来连水蛇都难看到，全被毛三斤捉光了。到了五十几岁，真的享起了女儿的福，不晓得毛小花拿了多少钱回来。毛三斤身上和脸上长了膘，眼睛放光，比年轻时还有精神。

毛三斤家里起过火，烧得一干二净。我那时上中学，夜里被吵醒，起来一看，一片火海。大火像一场电影，一桶水泼过去，好像朝银幕吐痰。都晓得无能为力了，放下水桶，默默地看着大火借风势越烧越旺。第二天清早，有人看见小花用棍子在灰烬中扒拉，她哥哥毛小树裹着一张破毯子陪她。李脆红的哭声像刮北风，一阵紧一阵。大火没烧掉值钱的东西，因为没一样值钱的。衣服和口粮都抢出来了，还抢出一件连猫跳上去都会散架的家具。心细的人讲，毛小花将来是毛家最值钱的东西，她脸上的大黑眼睛，像闪闪发光的宝石，那值一整栋大房子。

"狗日的毛三斤，怎么生得出这么漂亮的女儿？"有人不服气，好像毛三斤和李脆红造小花时作了弊。

村里人都喜欢小花。她聪明，爱笑，不像穷人家的孩子，只要李脆红洗干净她脸上的泥巴，她就像一截白莲藕，乖得要死。我没有文采，画不出她的样子，我只能讲，活了这么多年，莫说乡旮旯里，就是在电视上，我也没见过小花这么漂亮的女孩。

那是1989年前后，还没有进城做事的潮流，日子都是穷日子。有人讲火是毛三斤自己放的。扶贫政策下乡，他想政府会出钱帮他盖瓦屋，于是放火烧成特困户，不晓得为什么扑了空，指标没落到他的头上。大火之后，养父母送来几百块青瓦，一些断砖，房梁枕木，另有几斤大米，半罐子猪油。大家猜想，毛一龙的儿女成人了，担心嫁女收媳妇门前冷清，开始笼络人心，也可能是人老了，心好了，总之与毛三斤重建了关系。村里也不想小花没屋住，有钱的出钱，有力的出力，帮毛三斤盖起了两间砖瓦屋。

三

　　我进城不久，老李也来了，剪花草，修公路，有什么做什么。我们最早住的房子没窗，报纸糊墙，屙尿洗澡都要到外边找地方。崽女留在乡下，老人照看。我们是结婚后分家，欠一屁股债逼出来的。一万多块钱现在不算什么，二十年前，对乡下人来说，是笔巨款。

　　乡下没出路，地里种不出值钱的，借钱喂猪，发猪瘟，欠债更多，一身是劲，换不来钱。到了城里拼命做，不挑拣。过了几年才喘口气，换了有窗的屋，带厨房，还有厕所。我这时也有了工作经验，活干得好，东家喜欢。歧视我的，我就辞工换地方。虽是做保姆，人格上还是平等的，这是我对东家唯一的要求。

　　我和老李赚的钱，只够崽女用，尤其是升了初中，动不动就要补课，收费又贵，老师上课不教什么，留着补课抓收入，这个风气不好，城里的家长都不作声，我们乡里人更没办法，只好跟着补，不补就落后，落后就考不上高中，考不上大学。没有专业学历，只能像我们一样做工，住老鼠洞。

我给毛小花当保姆，凤嫂是搭线人。她是我的前任保姆，因为勾搭张大爷，被张翁妈赶出来的。张大爷八十，退休老干，一个月六七千退休金，张翁妈七十三，小个子，手脚利索。凤嫂走了以后，舍不得张大爷，缠着我问情况，一来二往，就跟我搞熟了，处得好，经常讲点心里话。

凤嫂身架子好，眉眼细淡，脸上也平整，就是一嘴夹牙齿，所以总是抿嘴笑，这使她显得做作。她有时涂了粉，不希望别人看出来，手总在脸上抹，好像溅了水，后来形成习惯，隔一阵就抹一把脸。

凤嫂和张大爷之间的事，有两个版本，一个是凤嫂的，一个是张翁妈的。

先听张翁妈讲。

"骚猪婆。"张翁妈说起凤嫂，气得手指打战。老太婆吃醋样子好笑。她鼓起眼睛，以为自己表情狠。人老了，连愤怒都像假的。张翁妈身材小巧，这种体形不经老，老了一萎缩，就只剩一小把了，盖被子都显不出人形。

我看过她的旧照片。当年被张大爷追求时，眉目清秀，笑眯眯的，两条辫子搭在奶子上。张翁妈想告诉我，凭凤嫂这种姿色，比她差远了，"张大爷看不上凤嫂，他只是老了，被她身上的骚气熏糊涂了。"

隔一阵,张翁妈又讲气话:"公狗闻了母狗的尿都要兴奋的。"她生张大爷的气,越讲越远,讲起年轻时的事,才真的伤心起来。

凤嫂是个引子,搞得张翁妈翻旧账。四十年前,张大爷搞外遇,她一直记在心里,凤嫂倒霉,当了一回替罪羊,张翁妈炒她的鱿鱼,为四十年前的事出气。那时她不敢吵,不敢闹,都忍下去,努力保住家庭。张大爷算是有良心的,没有丢下她。张翁妈心里头一直有条裂缝,闪电一样。

"我一世都记得。"她说。一想到张大爷跟别的女人睡过觉,就觉得他身体邋遢,经常跟张大爷分开睡,理由是他打鼾。张大爷不晓得张翁妈心里那道坎,她藏得太深,没人看得出来。

张翁妈信任我,一概告诉我,不想把秘密带到坟墓里去。她有两个女儿,不晓得为什么都不亲,一个在外地,回来得少,一个跟她见面就吵,搞不到一起。张翁妈对我格外好。有一阵说要认我做干女儿。我一般吃了早餐到她家搞卫生,煮两餐饭,但她老给我留早餐。

"对他好,就是报复,要让他为自己做的丑事羞愧。"有一回她这么说,好像已经得逞了,听起来怨恨,表情却是幸福的。

我搞不懂。也许张翁妈有点老天真。她这种报复,男人恐怕都巴不得吧。

张翁妈很节约,冬天舍不得用热水。张大爷喜欢穿白的,白衬衣白裤子,像个归国华侨。白衣服只能用手洗。别的方面,她不抠钱，过年过节，就几百几百地给我，我婆婆生病住院，她也几百几百地给，连我儿子过生日，老李买摩托车，她都会给钱。

我搞不懂她。不晓得是不是过去穷，穷久了，习惯就改不掉了。现在也不算富，只是有需要、有能力请保姆。我跟老李挣的钱，都用崽女身上了，衣服都没买几件。张翁妈晓得，她帮我时，总能让人舒舒服服地接受她的好心。

"发现男人外面有女人，千万莫吵，一吵，就把男人推到那边去了。"张翁妈给我传授经验。

我讲老李没钱，没人看得上。

"小周啊，话也不能这么讲，不是每个女的都爱钱哩。四五十岁的男人，没试过外边找女人的，到了这个年纪，多少都有点想法。"

老李没钱，没有哪个女的会搭理他，别的我不敢讲，这件事还是拿得稳的。

"不是讲李成功一定会在外面搞鬼。我是讲这个社会，女的很主动，男的挡不住。就说欧江凤这个骚猪婆吧，嘴巴蜜甜的，只听见她喊张大爷——张大爷喝茶不，张大爷你下楼去走动一下，张大爷你晚饭想吃什么……我在旁边都这样，我不在的时候，鬼晓得会骚成什么样子。"张翁妈讲起这些，就好像浑身痒。

她早就不蓄辫子了，一头蓬松的花白短发，像个鸟窝，随时会有小鸟从里面探出脑袋叽叽叫。张大爷喜欢穿出老干部的样子，干净、时兴，张翁妈不太讲究，存款都上了七位数，还爱在外面捡瓶瓶罐罐，张大爷骂她，女儿也讲她，她就是手痒，忍不住要捡，不捡不舒服。

张翁妈又讲别的，哪个女人走条路不正经，腰扭麻花一样，崽女都比自己高了，还画黑眼眶，穿超短裙，"一看就不是好东西"。

张翁妈讲够了，回到现实，心情就好了。她并不是那种过得不好，整天垮起一副脸的女人。手上捏着家庭权力和银行卡，家里的钱统统归她管，没什么不顺心的。张大爷已经有点老年痴呆，不抽烟，不喝酒，不嚼槟榔，像婴儿吃饱睡好，没别的要求。有时耍脾气，特别清醒时就会吵架。张翁妈巴不得他再糊涂一点，那样他就老实了。

"只要他听话，傻掉，瘫痪，我都会照顾他。"张翁妈讲得很平淡，那一小把老骨头好像天塌下来都顶得起。她没想过，如果老年痴呆得厉害，小脑萎缩，瘫痪，生活不能自理，屎尿都不晓得屙，那很快会要了张大爷的命，我父亲就是那样走掉的。

我忽然觉得，张翁妈是个厉害角色。

张翁妈恨生活不平静，总是有麻烦，四十年前婚姻差点散架，到八十岁，还有这种事发生，凤嫂一来，张大爷就不依安排了。

"你晓得不，那个骚猪婆图什么，就是图他的退休金。益阳街上，没几个退休工资比他多的。我是看走了眼，请了她。开始还蛮老实的，要她怎么做就怎么做，菜怎么切，水怎么省，衣服怎么洗，饭煮几分硬，到处收拾得熨丝熨帖。过了几个月，我发现不对劲了。那个骚猪婆，反过来调摆我做事。要我去超市买这个给张大爷吃，买那个给张大爷用。我想了好久，不晓得发生了什么情况，我硬是没有往那方面去想。别人不讲我都不晓得，人家亲眼看见的。那骚猪婆箍着张大爷的腰，箍得绷紧的哩。你晓得吧，老头子在背后撑腰呀，所以她就不得了了，只怕还想要一脚蹶我出去哩。"

关于张大爷和凤嫂之间的事，这是张翁妈的唯一证据，对她来说足够了。听起来有点好笑。我劝她，箍得紧，箍得松，旁边人看不清楚，可能张大爷走路不稳，凤嫂扶他一把，别人误会了。

"不是的，一路箍着走，有讲有笑。"张翁妈气的是，张大爷以前不爱散步，不跟她出去吹河风，凤嫂来了以后，他就精神十足，吃了晚饭就要出去散步消化，"我要陪他去，他不肯，要凤嫂陪。他说凤嫂会唱歌，会讲故事。你想想，那个骚猪婆，在他面前搞些什么名堂？"

我没再多讲，作为保姆，少作声，多干活，不掺和别人的家事，这是我给自己定的规矩。我就是这样过来的。但张翁妈不要我沉默，不把我当保姆，她要我痛痛快快，有话照直讲。

我只好讲，张大爷不是那样的人，他有老年痴呆症，凤嫂把他当小孩子哄。我父亲老年痴呆时，就是个三四岁的孩子，喜欢听表扬，不让他下床出去耍，就发脾气，他那时鼻孔里插着管子，不能乱动。没事就骂我妈，说她是个蠢婆娘，有时骂我是妖精，要孙悟空来除妖。直到穿白大褂的孙悟空过来，说妖怪已经铲除，他才肯闭嘴休息。张大爷的病没那么严重，但症状已经很明显了。

我说："有凤嫂这样的保姆让张大爷开心，给他唱歌讲故事，可能比药还管用。"

张翁妈脑壳直摆，"没这么简单。你不晓得，后来欧江凤有多威武。她不肯走，还说张大爷不让她走。我都不晓得老头子有私房钱，他悄悄地给她钱，不晓得给了多少回了。这还了得？我一秒钟都不能忍了。这不是四十年前。四十年前，你不晓得，那女的住到我家里，我都忍了哩。他说她没地方去。1977年'文化大革命'刚刚结束，她脑壳上还戴一顶不光彩的帽子。我们三个人在一张桌子上吃饭，在一个屋里睡觉，他半夜里摸到她房间去，我假装不晓得，假装得很好，假装得我自己都相信他只是睡不着，过去跟她聊天。她很会逗小孩，他们喊她阿姨。她带他们出去耍，别人都以为是她的崽女。她也是个脸皮厚的家伙，也晓得假装。假装跟张大爷是朋友，她一喊献君哥，血就往我脑门心冲，我也不晓得是怎么压下去的。"

我通常边做事边听张翁妈讲话。我拖地，浇花，她要是没讲完，就跟在我屁股后面继续讲。我不时嗯一下，哦一声，表示我听着。她没说那个女的什么时候搬的，也没说那个女的长什么样。如果长得丑，张翁妈应该会像对凤嫂一样，刻薄几句，十有八九把她自己比下去了，没人会表扬勾搭自己男人的女人。

张翁妈耍起小性子来，跟小姑娘一样。我喜欢她这一点，糍粑心，嘴上狠。

凤嫂不在，张大爷不开心，要喝茶，要散步，大声喊凤嫂，根本不搭理我，要么故意刁难我，挑我的刺，搞得我很尴尬。他想气走我，气走任何一个保姆。他就像一个要玩具的小孩，只要凤嫂。没有凤嫂，他不吃饭，不喝茶，连话都不讲，坐在藤椅上，看着窗子外边，盼凤嫂来。

我跟张翁妈说，张大爷习惯了凤嫂，凤嫂也晓得照顾老人，把她请回来，我走。

张翁妈骂了我一顿："你想走你走，我谁也不请了，累死算了。"

张大爷跟她吵架，很生气，大喊她的全名："张满秀，你这个榆木脑壳，蠢得要死。"

我这才晓得张翁妈的真名。

张大爷私底下又对我讲，对我没意见，是对张翁妈这个"鬼婆子"不满，"我跟她搞不到一块，我要这样，她要那样。榆木脑壳，几十年都不开窍，又死犟，有话不讲，闷在心里面。这个鬼婆子，我要跟她离婚，一个人过清静的。"

张翁妈后来告诉我，有两回，她和张大爷差点离了婚。第一回，她实在忍不得那个女的了，要离婚，张大爷同意，她走到民政局门口就折回去了，什么事也没发生一样，继续过日子，照旧对那个女的好。那女的不晓得这回事。张翁妈就是以这样的方法，让那女的心服口服，觉得对不住她，最后自己搬走了，还认了她当干姐姐。后来还有联系，过年过节来看她，直到嫁到美国，才没有音信了。

我问张翁妈，那女的长得乖不乖，她反正不讲。她总是这样，什么讲，什么不讲，很有分寸。她把自己砍成两边，一边我认得，一边我不认得。她对我好，好得她的女儿心里都不高兴了，背地里说我坏话，说我骗她妈妈的感情，想从她妈那里得好处。

我听了有火。

张翁妈说："你是给我做事，跟她没关系。她又没养我，我又没吃她的、用她的。你是什么人，我晓得。"

第二回离婚，张大爷不同意。那时张大爷都五十几了。张翁妈看准他不想折腾，提出离婚，将了他一军。这样一搞，她就赢了，高出一截，张大爷的银行卡也放到了她的手心，由张翁妈当家做主。

张翁妈一直在战斗，有时输了，有时赢了，最终不晓得是输是赢。

没有凤嫂，张大爷一天要闹几回，想让张翁妈辞掉我，让凤嫂回来。他情绪一直不稳定，有几回，想凤嫂想得哭，叫我去找凤嫂，掏出些钱来，还讲他银行里有几百万，只要我把凤嫂叫来，钱全部给我。

不管张大爷什么表现，张翁妈都没有改变主意。张大爷的病明显加重，出现妄想和幻觉，也许他真喜欢凤嫂，像被亲娘拆散了婚姻，精神一路垮下去。我不晓得。可能他的病本身到了转折点。过了大半年，张大爷才忘了凤嫂，痴呆症加重，有时都不认得人了。

张大爷死的时候，我在毛小花家当保姆。我请了半天假，参加张大爷的葬礼。

张翁妈哭得要死。最后几个月，张大爷屙屎屙尿都在铺上，我走后，张翁妈真的没请保姆。她的崽女间或回来，帮张大爷翻身，换衣，多数时间张翁妈一个人料理。我看见她那把小骨头又缩水了，小脑壳上的头发蓬飞，蛮伤心。她总是看张大爷。张大爷睡在棺材里，脸上又白又年轻，过去可能就是这副样子。

我辞工时，张翁妈哭。张大爷在屋里撕纸条，咬破布。

"小周，张大爷都这个样子了，你莫辞工，我这把老骨头转不来哩。"

听说她后来跟女儿吵过一回凶狠的，母女俩关系更差了。

张翁妈被张大爷磨得身体也差了，叫我回来给她煮饭搞卫生："别人给两千，我给你两千八。小周，就算我求你帮忙。"

老李反对："只要你去，我就什么事都不做了，天天耍。"

我有点为难。

四

　　凤嫂讲，没这回事，她跟张大爷之间是清白的，张翁妈吃醋，因为她没本事让张大爷笑，别人让张大爷高兴，她就会看不惯。她有时是箍着张大爷散步，"七八十岁的人，等于小孩子，更何况他还有老年痴呆，我跟他搞什么鬼？"凤嫂做事利索，讲话一溜烟，"张大爷没有钱，张翁妈手里掐得绷紧的，他没钱给我。照看张大爷是我的责任，他们付工资，我做事。他妈的，事做好了，没有奖励，反倒招来绿头蚊哼个不停。"

　　张翁妈和凤嫂的话，不晓得该信哪个。凤嫂不像乱来的人，不贪财，做分内事，拿分内钱，该给的，一分都少不得。爱胡搞一气的保姆，我倒认得几个，现在不讲她们。

　　我跟凤嫂的交情是慢慢加深的。益阳街上都转熟了，晓得有钱人怎么过日子，男的怎么花心，女的怎么斗争。我们一只眼睛做事，一只眼睛看热闹。凤嫂一直不放心张大爷，晓得张大爷的病，要有人陪，有人聊天，张翁妈心不细，没耐心，搞几下，东西一丢，就不管了，有时还骂张大爷。凤嫂让我去教张翁妈，怎么陪伴张大爷，怎么才对病人有好处。那些话我没跟张翁妈讲，她听到凤嫂的名字，就一副要咬人的样子，我不敢开口。张翁妈对我好，并不代表我有资格对她的习惯指手画脚，不掺和东家的事，这是我自己的规矩。

凤嫂就是热心过头，多管闲事。

凤嫂进城时间跟我差不多，开始不是做保姆，在宾馆收拾房间，铺床，洗马桶，厕所里有时邋遢得作呕。后来到餐馆里搞卫生，有时也帮忙洗菜，餐馆里的菜有多不干净，就是听她讲的，不说绿头蚊哼，老鼠子爬，菜里还经常吃出阴毛来——不晓得用什么水洗的。

凤嫂生了两个女儿就结扎了，没有儿子，低人一头，吵架就被人骂绝代种。别人骂骂也就算了，自己婆婆也看不起，说她不会生，别人一撇开胯就生儿子，只有她没卵用。

"我有点搞不懂了，男的重男轻女，女的怎么也看不起女孩哩？看不起女孩，不就是看不起自己吗？"凤嫂有时会发一句牢骚。

她出来的时候，两个女儿在读小学。她婆婆骂归骂，孙女还是带，照看得不错。凤嫂在街上做事安心，回去总要带东西，吃的、穿的、用的，婆媳关系比原来好。

凤嫂男人姓郑，是个泥水匠，贴瓷砖，刷墙面，做油漆工，搞久了肺出了毛病，住了半年院，花光了自己赚的钱，最后还是死了。这是七八年前的事。那阵子我不认得她，没见过她男人什么样。她从来不讲她是寡妇，担心东家觉得她身上有晦气，不聘她，或者炒掉她。

她只讲给我听。

不晓得为什么，总有人把秘密交给我保管，我也没出卖过她们。家政圈传过凤嫂的坏话，讲她偷男人。即便这样，凤嫂也没讲她男人早死了。她请假奔丧，讲的是她舅舅死了，其实她还没出生时，她舅舅就死了。凤嫂待了一个星期，头七一过，就出来继续做事，没人看得出她死了男人。

凤嫂后来的两段感情，我都晓得。

凤嫂男人住院时，因为钱的问题，她跟婆家人搞坏了关系。他们总是说凤嫂藏了钱，心里狠，袋子捂得绷紧的，不肯拿出来给她男人整病。凤嫂告诉我，她是存了钱，那种绝症整也死，不整也死，她得考虑两个女儿，有几块钱也是为她们留的。她男人也不是没有治疗，一直在医院待到死的那天，临死前还是医院的试验品，瘦得皮包骨，还每天被抽血做化验。

"千万莫得病，莫住院，医院那种地方，又要钱，又要命。讲了没有医保，自费，他们还是不停地做化验，检查，账单一张张排得满满的，钱哗哗地流进医院里，就像放我的血。"

郑家人对凤嫂本来就有意见，男人没了，成了寡妇，更没好日子过，连婆婆对孙女的态度都不如以前。旧社会凤嫂这样的只能在家做寡妇受苦，现在是有出路的。

凤嫂在街上的圈子比我大，她晓得不少死了老婆的退休老头，都想找年轻健康的保姆。街上的职业中介所，一边介绍工作，一边拉皮条，因为有的老头不敢再婚，以请一个住家保姆做幌子，想怎么用她就怎么用，平时额外给点钱，或者感情，跟夫妻一样，就那么过起来。

那个中介所的老板我也认得，叫秋莲，单单瘦瘦，一口桃江腔。老板员工都是她。她坐在比厕所大一点的门面里，织毛衣，玩手机，嗑瓜子。她还爱嚼槟榔，牙缝里夹着槟榔渣，身上一股槟榔味。

屋子里还有三样东西：一张抵墙的瘸腿旧桌子，一部红色电话，还有抽屉里锁着的小本子，付了钱，她就会当着你的面，翻开它，慢慢给你寻找合适的。我有份工作就是她的功劳。

凤嫂跟她很熟。秋莲最爱闲聊天。我从门口经过，她会扯住我聊一阵。有些事凤嫂没跟我讲过，秋莲讲了。她有五花八门的消息，整个益阳街上没有她不晓得的，没有她不认得的。她还有个亲戚在市政府。

我们这些保姆，听到"市政府"三个字眼睛都要鼓出来，"市政府有亲戚，太厉害了。"

市政府大楼威武，台阶很高，门口挖了一个好大的湖，养了很多观赏鱼，红的黄的白的都有，水里有睡莲，开白花，开红花，很漂亮。我没见过。大门口有站岗的，有一回我踮起脚后跟，朝里面望了几眼，看不见鱼和花，站岗的问我干什么，没事走开。

秋莲市政府有亲戚，所以她的生意不错。有个什么亲戚，亲戚做什么的，我们没问，她也没讲过。没人怀疑她。本地电视台出来说话的领导，好多都有桃江口音，讲话跟秋莲一个腔调。都晓得桃江人在益阳吃得开，桃江女人在益阳也走得起。

我要秋莲带我到市政府里头看鱼看花，秋莲答应了，总约不好，不是我没空，就是她不得闲。后来就忘了这事。有人讲秋莲的坏话，讲她过去站过街，后来拉皮条，"她市政府有什么亲戚，公安局有亲戚吧。"这话不晓得是真是假。街上挣钱的路子多，总有人拣轻松的做。每个女人都被怀疑过，尤其是文眉毛，画眼眶的。

秋莲告诉我，凤嫂只挑老干部家做保姆，问了年纪、身体，还问退休工资、崽女情况。凤嫂有自己的打算。这我晓得。她男人一死，乡下回不去，连埋尸的地方都没有，打定主意嫁到街上来，跟郑家脱离关系，死了就一把火烧了。

贺老头我见过，一脑壳白头发，个子不矮，脸上红润。原来是民政局的干部，早几年死了老婆，有心要续，一直没有续上。秋莲那个小本子上，有一些拿退休工资的老头，有的征婚，不管乡里的街上的，不管读没读书，只要心地好，身体健康，年纪不太老；有些招保姆的呢，条件定得跟征婚一样。

凤嫂跟贺老头是通过秋莲认识的，两边都给了中介费。起初贺老头讲的是相亲，见到凤嫂之后，改了口，要招保姆。凤嫂觉得一回事，反正贺老头一个人住，没有人干涉他，机会有了，发展靠自己。

从长相看，贺老头精气足，那方面好像很厉害，平时搞点养生，吃滋补，打太极。比凤嫂大二十岁，凤嫂还吃他不消，夜里被他一搞，白天做事手脚韧软的。

凤嫂的这些私房话，不晓得真的假的。

我提醒凤嫂，相亲改称招保姆，证明贺老头没看上她，只是睡睡耍耍，反正不当结婚对象。贺老头比别的老干部要求高，只晓得煮饭搞卫生，行不通，估计不是很缺女人，说不定还是个老色鬼，隔一阵就要换一个。

凤嫂喜欢贺老头，像个小姑娘一样，被他搞得疯疯癫癫的。碰到问题，她就来问我，跟她讲，她又听不进，中了邪一样。过去她只跟死掉的那个男人睡过觉，见过几面，就结婚生崽，喂猪打狗忙不停，稀里糊涂就是半世人。

凤嫂气得厉害的那回，决定跟贺老头分手："你听听他讲的什么话，他说，你们乡里人，有一种不好，就是不爱干净，邋遢。"因为跟贺老头睡一张床，不是做保姆的心态，凤嫂农村生活的本性露出来，贺老头有意见，"他还看不起乡里人，我都没有讲他，半截埋进黄泥巴地哩，不想想自己还能活几年。"

凤嫂把贺老头说得一塌糊涂，都以为她不会理贺老头了，没有想到贺老头电话一来，她抹了眼泪就回去了，好像等了很久。

后来就晓得了，凤嫂只是憋了气，需要发泄，找点平衡，没打算放弃贺老头。

秋莲只管做介绍，晓得贺老头跟凤嫂处，还介绍新的给他。贺老头也继续相亲。有一回看上一个，总对凤嫂说去老干中心下棋，跟那女的交往，对那女的呢，不说要得，也不说要不得，套着她备用。一想到备用的，贺老头的心更散了，后来就对凤嫂没兴趣了。

这时，凤嫂跟贺老头已经生活了大半年。别人不晓得她男人死了，都讲她公开偷男人。有了这个污名，益阳街上有老婆的家庭都不请她，怕她搞破坏。

有一天，贺老头给凤嫂发工资，额外多付了半个月的，解雇了她。

凤嫂在我面前讲得哭，说她没有拿额外的钱，等他改口。过一阵，又把贺老头骂得一钱不值，讲他那根东西根本不行，吃了药才能硬一阵，搞几下就软了。她还讲，那根东西一倒下去，就像一个装睡的人，叫它起来很难。她本来觉得，那根东西要是一直睡着，倒也省事，可贺老头总是试了又试，折磨死人。

贺老头再没找过凤嫂，听秋莲讲，他的信息还在那小本子上，一年处五六个，都没过年用的。

和罗老头的感情开始之前，凤嫂在照顾一个瘫子，也是秋莲介绍的。瘫子是男的，给的工资高，一直招不到人。贺老头给凤嫂灌了一肚子气，她什么也没想就去了。

瘫子姓黄，瘫了一年多，没瘫时是个局长。黄局长四十多岁，爱干净，天天要抹澡换衣，一回要花一个多小时。凤嫂累得腰疼。

黄局长脾气不好，还没有适应残废，老是发火，有时还打人。凤嫂退一步，他的手便在空中乱挥。

不久凤嫂晓得，黄局长是跳楼摔的，摔个半死，动又动不得，死又死不了，要自杀都要别人帮忙。黄局长为什么跳楼，凤嫂听了一点音信，有的讲是别人推的，别人是哪个，就是黄局长的老婆。黄局长在外面有个私生子，他老婆晓得了。也有人讲是经济问题，黄局长有套大房子，保姆房里装满了现金，纪委查出来了，黄局长就跳楼了。

凤嫂想，黄局长没瘫时，不晓得有多风光。黄局长不瘫，她一个保姆没机会接近他，更不用讲给他抹澡，擦所有长毛的地方。

黄局长样子不差，地道的城里人，皮肤白，手也不是干粗活的，瘫了以后养得更细嫩。凤嫂没见过黄局长老婆，后来才晓得，他老婆和崽女在国外，回不来，一回来就会被喊去问话。招保姆这些事情，都是他姐姐在做。

黄局长想死。

从黄局长睡觉的样子开始，凤嫂对他有了好感。

"他睡觉的时候，不像残废，看着是有知识的。他是另一个阶层的人，在街上走，不会对我这种做保姆的瞟一眼。"

黄局长瘫在床上动不得，凤嫂还是觉得他高人一等。她给他擦身体，到处敞开，他无所谓，好像她不是个女的。起先她不好意思，洗了几回，无所谓了。但他那根东西会变大。

"那件事是突然发生的。"凤嫂讲。

照看黄局长个把月，熟练了，抹澡换衣二十分钟，像换床单一样麻利。那天，黄局长说好久没洗淋浴，想洗个痛快的。凤嫂替他脱衣服，在专用凳子上放稳，心也有点慌，拧开花洒，水淋下来，溅了一身，胸口两个奶子现了原形。

第一次给男人洗澡，不晓得从哪里下手。她没跟她死掉的男人一起洗过澡，想都没想过。他们各有各的洗澡工具。她用木脚盆关在房间里洗，男人用木桶在后门口边洗边淋，床上的事情，也是晚上摸黑干的。

凤嫂说，其实，她不是不晓得怎么给黄局长洗澡，而是第一次清楚地看见男人的身体，尤其是那根东西，就走了神。她脸上滚热的。水一直淋着，身上湿透了。

她开始给他洗头，然后搓身，一路往下搓，搓到肚脐眼，就搓不下去了。

接下来的具体细节，她没有讲。

秋莲以为凤嫂做不了几天就得跑，像前面那几个女的一样。没想到她做得挺顺手，一没挑剔，二没喊累，做得合心合意，不晓得里头有什么鬼。

接下来的事情，是凤嫂亲口跟我讲的。黄局长后来跟她有讲有笑，他讲话幽默，有水平，脾气也变了，差不多顺着她，要他喝茶就喝茶，要他吃苹果就吃苹果，只是要她先削皮。她削皮时，他就讲他小时候搞恶作剧的事。

她将苹果切片，插上牙签。她在一个有钱人家当保姆时学会了这个。

他问她小时候什么样，调不调皮。凤嫂很愉快。问题就出在这里。凤嫂放松了警惕，忘了黄局长是个想自杀的人。她以为她让黄局长好起来了，不会想死了。她还考虑了别的，要是他同意，就照料他一世。没想到没过多久，黄局长就得手了。她坐在床边削苹果，要屙急屎，放下水果刀去了洗手间，出来时，黄局长脖子血红的。

凤嫂受了打击，半个月没做事，没出来耍，闷在出租房里，脸色墨黑的。秋莲给她介绍新工作，她也不接电话。秋莲说凤嫂很后悔，如果她把水果刀放远点，黄局长就不会死，是她要了他的命。

凤嫂给我讲的是另一个版本。

有一天，她去买菜，两个戴墨镜的人拦住她，问她是不是黄右军的保姆，听到答复，递给她一把放光的水果刀，要她按他们讲的去做，如果她不做，就莫想在益阳做事，滚回乡下。凤嫂只怕黑社会的，吓得颤。刀放在袋子里，两条腿重得走不动。回得屋里，一边抹地板，一边跟黄局长聊天，问他有没朋友，黄局长讲以前有，现在没有了。她又问他得罪过什么人，黄局长讲没有。凤嫂不作声，打开所有的窗户透气。音响里头放着黄局长爱听的邓丽君。装好果盘，水果刀摆在里面。吃了中饭，休息一阵，她将果盘放到床头柜上，坐在床边削梨子，声音水汪汪的，像牛吃草。一个梨子没有削完，她假装拉稀，放下水果刀。她坐在马桶上，一身颤，咬紧牙帮骨，牙齿还是磕得咔咔响。

凤嫂讲得有模有样，不晓得是不是真的。在公安局录口供，她吓得要死，以为会坐牢。幸亏只问了一些情况就放出来了，差点儿讲出那几个戴墨镜的，把事情搞复杂了。

凤嫂从公安局出来，说她什么话的都有。从贺老头算起，说她不挑食，一门心思要嫁到街上来，连瘫子都要。她的名声越来越坏，秋莲在本子上画掉了她的名字，实在没人选了，才向别人介绍。

凤嫂从河南边搬到河北边，资江河多少挡了点传言。她有一阵没音信。

秋莲说，过了半年，她在电视上看到凤嫂，背景是砸碎了玻璃的窗户。记者采访一件家庭纠纷，凤嫂正在说话。凤嫂边上站着一个老头，表情很无辜。凤嫂两个月前跟他登记结了婚，户口也迁过来了。

警车灯一闪一闪。看热闹的围得绷紧的。

"他已经砸了好多回了。我们这边一登记结婚，他就发了癫一样，冲到我屋里，到处砸得稀烂。这是流氓、地痞，欺负人。是他的儿子就有权利做这样的事？我报了警，警察也来了，你们讲，砸烂了东西赔不赔，砸到家里来犯不犯法，政府管不管，公安局管不管？"

凤嫂问的是警察，警察一边屁股搭在巡逻摩托车上，面带微笑，好像也只是来看热闹的。

"都晓得，婚姻是自由啊。罗大爷自己吃自己的，做儿子的平时也没有照顾过他，现在打上门来，还有没有天良？"

镜头切换，记者把话筒伸到罗老头面前，要他讲几句，罗老头转身走开了，留下一小坨背影，很可怜。

警察还是微笑着。

清官难断家务事。秋莲跟我讲得眉毛直动，罗老头的儿子认定凤嫂要抢那套八十平方米的房子，不让凤嫂得手，今天砸窗户，明天往屋里丢死老鼠，放活蛇，泼屎尿，半夜扮鬼，黑清早砸墙，搞得凤嫂过不得日子，睡不得觉。

罗老头不敢作声，不骂崽，也不求崽，好像做了亏心事。

凤嫂一个人战斗，电视报道，报警求助，都没有用，罗老头的儿子照样搞，越搞越厉害。小区里没一个支持凤嫂的。

凤嫂被折磨得眼圈墨黑的，没人帮忙，斗不过他，忍了两个月，跟罗老头离了婚。

上完电视，凤嫂出名了。到处都在议论她。都讲这个乡里来的保姆想搞罗老头那套屋。有些人连带骂了所有做保姆的，说她们在街上乱搞，身上不卫生，手脚不干净，偷钱又偷人。最后的意思是，城里的地盘是城里人的，不是乡下人的。

凤嫂不承认，说自己和罗老头有缘。罗老头想请保姆，她正好要找工作。后来感情发展了，罗老头觉得她好，要跟她结婚。罗老头对她很好，吃的用的都舍得，夜里还给她按摩手脚。好多年没人这样关心她，一世人到处奔波，很累，她就想落下脚来，安稳过日子。

有的事，本人的讲法，和外面传的，总是两样，我也没费心去想，哪面真，哪面假。凤嫂有了城里户口，照样要当保姆，她听说像她这种，可以去社区申请低保，一个月能发两三百块钱。

凤嫂就去社区问。负责的是个中年妇女，眉毛尖挑到天上去了，鼻孔朝天，瞄了一眼她的户口本，"你才做了几天城里人，就想要低保，你以为低保想要就有的啊？前头好多人排队呢，晓得不？"

凤嫂碰了一鼻子灰，好像被一脚踩进泥坑里，一身脏兮兮的。

离了婚，凤嫂搬回河南边，南边富，请得起保姆的都住在这边。北边是穷旮旯，没有发展，烂屋子越来越多。城里户口没优势了。有人告诉她，现在乡里户口比城里户口好，有田有地，不管种不种，政府都发补助，街上户口只是张纸，什么保障都没有，要弄低保，没熟人走关系根本办不到，好多有房有收入的，都获得了低保，分到了廉租房，反正是政府的钱，放抢一样，真正穷的人，没几个拿得到，拿了也不稳定，随时会收掉。

凤嫂想起那个社区妇女的态度，晓得低保这件事不会落得自己头上，但想一想不犯法，于是一路想象自己有了低保以后，那几百块钱怎么用。屋是合租的，一个月一百多块钱，她不想找包吃包住的，二十四小时绑死了，没有自己的生活，不自由，剩得的两百块，日常开销勉强够用。

　　凤嫂埋头走路，不知不觉走到秋莲的铺头来了，巧不巧，碰到一个女人要请保姆，只问了凤嫂有没有小孩，会不会煮饭，就同意了。那就是毛小花，刚刚生完孩子，奶子很大。

五

　　益阳竹子多，凉席便宜，做凉席生意的，把店铺开到网上去了。林妹妹就是这种老板娘，雇了四个网络销售员，我给她们煮过一阵饭，后来跟林妹妹做了朋友。她老公是福建人，姓潘，开着宝马车，头发梳得溜光的，在外面喝酒，签合同。宝马车保养一次好几万，林妹妹却过穷日子，买菜怕别人贪污，亲自跑市场，穿也不讲究，辛苦受累，最后潘老板在外面搞大了别人的肚子。当时林妹妹自己怀孕不到三个月，一气就气坏了胎，在肚子里不长了。

　　福建人到益阳来的时候，一双空手，全靠林妹妹拿出六十万，开了个凉席公司。过了十年八年，凉席卖到国外去了，福建人的那根东西也插进了别的地方。

　　林妹妹讲起就气得哭，跟别的女人一样，她也善于原谅，福建人带她去美国耍了一圈，回来就没事了。她在美国买了很多穿的用的，还有化妆品。菜也不买了，头发也不自己洗了，在美容院办了张贵宾卡，定期去美容美发美指甲。

福建人给那女的买了房子，给了钱，那边才堕了胎。断没断掉，林妹妹心里没底。经常翻福建人的手机，查岗，定位跟踪。只要福建人没接电话，她就想他跟别的女人在一起，两人没穿衣，赤身裸体。

我后来辞工，因为我看见福建人捏会计的奶子，会计顺从。我没告诉林妹妹这些，不掺和东家的事，是我给自己定的规矩。福建人准备了几盒巧克力，开车送我回家。我们吃巧克力时，发现里头有个大红包，这些我也没跟林妹妹讲。

林妹妹为什么要跟我这种没钱没势的人做朋友，我搞不懂。我也不晓得，我们是不是朋友。秋莲跟她也熟，我们加了微信群，没事就在群里瞎聊，讲八卦。我女儿读大学，崽读高中，个个都伸手要钱，我做了两份工，睁开眼睛去上班，回来倒头就睡。林妹妹讲，员工爱吃我做的菜，要我回公司煮饭，加工资，还买五险一金。但我已经答应张翁妈，去她那里帮忙，张翁妈对我好，做人不能只看钱份上。

林妹妹经常带我去洗脚，按摩，完了再送我回家。不管公司零细事，时间多了，她不晓得拿时间怎么办，报班学古筝、插花、画画，没一样搞成器的，最后爱上跳广场舞。喊我去跳，我每天走路、煮饭、搞卫生，腰都累断了，再跳广场舞，只怕骨头会浪散架。

这时，凤嫂开始在群里讲毛小花，发她家里的照片，讲她有钱，崽也乖，就是难得看见她男人回来，她怀疑毛小花是小老婆。

有人说既然钱老板是搞房地产开发的，在益阳建房子，长沙也有楼盘，忙是正常的，没钱的才会围着老婆转。有人回复说，没钱的，也不一定围着老婆转。

凤嫂认为毛小花就是小老婆，过的是小老婆的生活，只怕生的崽也没有名分，户口都没上。她把话讲出来，要我们等着，看她讲得准不准。凤嫂爱管闲事，不改一改，会再栽跟头的。我不掺和别人的事，各人有各人的性格，什么提建议，说意见，这样的事我轻易不做，也不当面讲别人这样没有做好，那样有问题。

有一回凤嫂生日，我买了蛋糕去了。她住的地方有厨房、厕所、阳台，小归小，东西很全，像过日子的。秋莲也来了，还带了林妹妹。林妹妹提了两瓶红酒，还有很大一捧花，玫瑰百合满天星。

凤嫂第一次收到鲜花，还是个有钱的老板娘送的，一直笑。她穿着淡绿色衣服，脸上涂了粉，不再拿手抹脸，她已经戒掉了那个动作。这两年她轻松了，两个女儿长成了，大的二十，嫁了，小的十八，准备结婚。

吃了几轮红酒，凤嫂有了醉样，一高兴，说出了自己的存款，她计划这几年交首付，贷款买个小房子。

简单一算，单凭做保姆，她攒不到那些钱，她得病死掉的男人没有余钱留下。黄局长那边，她可能得了不少；张大爷应该给过一些，罗老头那里至少有万把块。不管钱是怎么来的，保姆中，只有凤嫂敢做梦，而且眼看就能实现。

秋莲提醒她："贷款月月要还，现在没老，还做得，还得起，过十年八年就不一定了。还不起，银行收走你的屋，老了没地方住，那才作孽哩。"

凤嫂没想这么远，听秋莲这么一说，脸上冷下来。

"秋莲你莫吓她，凤嫂有两个女儿，不会不管她的。"林妹妹插了一句。

"对了，凤嫂，你有没有想过买社保呢？退了休，有退休金拿，比起把钱给银行不晓得好多少。我有个亲戚，就是买了社保，现在不用做事，月月有钱领。"秋莲说。

"社保是什么家伙？我不晓得。"

"我一下子也讲不清。我发个短信，问问市政府的亲戚。"

"我给员工买了社保，算是了解一点。社保，就是政府给没劳动能力的人，提供收入或者补偿，包括养老、医疗、失业、工伤、生育保险，等等。原来没交过的话，现在算起来，补交七八万吧。"

"老了不用干活，还有退休金？那是好事啊。"凤嫂说。

"是的，社保解决了，日子就安稳了。"秋莲讲。

"那要怎么买呢？我两眼一抹黑。你买了么？"凤嫂问我。

我说我没钱买，一万都拿不出，莫说好几万，我要等崽女都安排好了，再来想这个事。

林妹妹对社保不感兴趣，不时走神，好像有什么心事。钱多得花不完的林妹妹，坐在我们这些穷保姆当中，心里是什么感觉，我没问过。她去一次美容院，就要花掉保姆一个月的工资，到饭店里吃一餐饭，就要吃掉保姆几个月的生活费。不晓得有钱是什么滋味。林妹妹好像也不快乐，眼睛经常肿的，隔一段就讲要离婚，但没看见她行动。

有一回，林妹妹讲了真话，她是到我们中间找平衡的，她以为看我们过得辛苦，就会知足，就会快乐，就会觉得和福建人的事都算不得什么，她以为一对比就会幸福。她以为没钱的人，两公婆就平安无事，男的就不会跟别的女的睡觉。

没过多久，凤嫂告诉我，秋莲在市政府真的有亲戚，那人愿意帮她办社保。按她的年龄，只要补交五万，到退休年龄，就可以按月领取退休金了。凤嫂还看了她们之前办好的账户，进账流水，没什么问题。秋莲还说，前面办好的，她亲戚都拿一万块提成，考虑到凤嫂条件不太好，又是秋莲的朋友，只收一半。

我一直觉得秋莲不是有那种本事的人，这件事我也不确定，不好打凤嫂的破锣。秋莲拉皮条，什么皮条都拉，她在中间抽水。当然啰，像社保这种事情，要是搞好了，抽点水也无所谓。社保不是做生意，政府系统的东西，要进数据库的，假不得，很快会看得到结果的。

凤嫂犹豫了一段时间，问了一圈，做保姆的熟人，没一个买了社保的，一没门路，二没钱，一下交出几万块，不晓得将来什么情况，但一听到有这种机会，都动了心。她们没给凤嫂有用的建议，反倒委托她去问，乡下户口办不办得了社保。凤嫂就问秋莲，秋莲又问了市政府的亲戚，回复凤嫂，本来乡下户口办不了，但市政府的亲戚关系硬，跟社保局主任是高中同学，上下铺，感情深，只是都要莫作声，莫讲出去了，讲出去，社保买好了都会被取消。

买社保，拿退休工资，保姆圈传开了这个消息。冬天来临时，几个保姆凑够了钱，跟着秋莲去见她市政府的亲戚。有人告诉我，她们在一个小茶馆见的面，喝了几杯安化黑茶，市政府的亲戚才来。

是个中年妇女，叫卜菊仙，白白胖胖，五十多岁，打着官腔。她说了几句社保的好处，为什么别人办不了的事，她能办，在益阳，没有她办不到的。她有点威严，保姆们觉得她是个人物，是搞大事的样子。

卜菊仙一再嘱咐她们，不能说出去，说出去就坏了自己的事。

一世人没有见过当官的，保姆们只晓得点头，被卜菊仙身上的香气熏得云里雾里，一个问题都没问，就把钱拿出来了。

卜菊仙不点数，收一摞现金，打一张收条，提成部分没有写进收条里。保姆们洗碗拖地煮饭挣来的钱，从人造革皮包里，转到卜菊仙的 LV 包包里。白纸收条是这样子的：

收　条

　　今收到欧江凤养老保险金（代缴伍万元整，50000.00元），凭票多退少补。

　　　　　　　　　　　　　　　　卜菊仙

　　五万块，掏空了凤嫂。去银行的路上，她还在犹豫，买屋还是买社保，哪一样更可靠。钱存银行是最安全的，银行反正不会倒闭，除非地球爆掉了。但存银行里，钱没起什么作用，利息又少，定期多一点，也作不了大用，钱是死的。买了社保或房子，钱就活了，钱活了就钱生钱——要的就是钱生钱。

　　到了银行门口，凤嫂还在犹豫。这时候如果有人要凤嫂考虑一下，她会立刻掉头回家。但她没看见熟人，她认得的都是没钱的，没钱的不会到银行来，没钱的都在有钱人家拖地煮饭洗屎尿布，都在给豪华大屋粉墙刷漆，给宝马奔驰洗泥巴打蜡。只有凤嫂自己晓得，这几万块钱来得多不容易，四十岁才开了银行账户，一点点往里存钱。夜里没事，捧着存折读了又读，小数点后面的内容都背得滚瓜烂熟。虽说这钱是拿去生钱，但也好像嫁女一样，心里舍不得。

　　她出来久了，两个女儿跟她不是很亲，大女儿出嫁，她回去了，婆家人不冷不热，她很不自在，给了大女儿几千块钱，没等出嫁发轿就走了，在回城的路上哭了一阵。

　　凤嫂进了银行门，还是没主张。点钞机唰唰地响。好像有鬼推着她，取了号，坐在排椅上。号叫了两遍，才晓得轮到自己了。到窗口往里看，里面那个穿制服的白脸姑娘很严肃，胸口一块铜牌子，写了工号和名字。她想银行工作好，天天数钱，不用晒太阳，蓄得皮肤雪白的。

"办什么业务？"

"噢，我搞点现金。"

"搞多少？"

"搞五万。"

"带了身份证吗？"

"带了。"

凤嫂输了几回密码才搞对。白脸姑娘有点烦躁。凤嫂签了字，将五叠钞票装进黑塑料袋，再放进包里，出门手摁住包包，摁得绷紧的，心脏怦怦跳。凤嫂的身家性命都在包里，五万块钱，是一世的希望，一世的心血，像炸药包一样，摁松了怕别人抢，摁紧了怕走火，紧张得手心出汗，被小石头绊了一跤，吓得心脏要跳到嗓子眼。

凤嫂像贼一样，手脚不正常，紧走几步，慢下来，又埋头朝前走。到了小茶馆，秋莲在那里等她了。凤嫂吃了一碗黑茶，缓下心跳。

卜菊仙进来时脸上通红的，身上有股酒气。没几分钟，凤嫂的钞票，换成了卜菊仙的一张白纸收条，她折起来，塞进了肉旮旯里。

老实讲，我也动了买社保的心，两公婆至少买一份，将来给崽女减轻负担。只要凤嫂的办下来，我就凑钱买。她们等卜菊仙的信，我也等。

凤嫂想着那五坨百块子，没事就到秋莲店里去，跟秋莲聊几句，仿佛凑近她，就能闻到那五万块的味道，心里舒服一点。凤嫂晓得，秋莲也拿了提成，卜菊仙给她人头介绍费。秋莲什么皮条都拉。她吃这碗饭的。

社保要半年才批得下来，先放一边，我继续讲毛小花，凤嫂总有本事挖出东家的老底，大部分内容是她告诉我的。

小花有个不争气的哥哥，没有他，小花可能不是这样的命。毛小树小时候蛮懂事，最爱妹妹，有什么好吃的都要留给她，学校里有人欺负她，他就去替她报仇。毛小树从不跟小花争东西，只要小花一哭，他什么都舍得给她。两兄妹感情很好。

毛小树长得像毛三斤，眼睛小，像兔子，也不爱作声。人不蠢，但读起书来，抵不得小花的脚指头。都讲毛三斤靠女养，毛小树只怕也要靠妹妹，他们没讲错，后来都兑了现。

小花长得好，会读书，年年班上考第一。读初中时，腿就长了，胸口鼓起两坨肉，脸上白得见青筋。小花初中毕业，随便一考，就考到了益阳最好的高中，没让父母操心。她发育早，但还不懂事，没早恋，更不像有的女孩，十几岁就和男的混，人生从开头就弄坏了。

有一件事，凤嫂不晓得，是我娘家人讲的。小花高中跟同学谈恋爱，两个人感情好。男同学成绩比小花差，只能考省重点。两个人商量好，志愿填得一模一样，最后都被湖南大学录取。小花实际上了北大分数线，学校老师气得跳，晓得情况的，都觉得可惜了。

乡下人考大学不容易，何况还是省重点。村里出钱办酒席，请全村人吃饭，给小花发奖学金。毛三斤和李脆红咧开嘴，一天都没合拢。毛小树也很高兴，吃得云里雾里。他早就没读书了，在镇里打流，没做什么正经事。有的讲他进了组织，专门替人收保护费，惹了麻烦的，找他们出面摆平，他们也制造麻烦，戳汽车轮胎，砸门面，不用讲都是一群毒鬼子，吃毒贩毒。

我娘家人讲，小花带男同学回来过，男孩长相蛮好，肉色白，戴副眼镜，一看就知道是城里人。两个人手拉手，到田埂上耍，在塘边上摘莲蓬，男孩很友善，见人就笑。他们叫他星星，对他评价很高。李脆红和毛三斤喜欢得要死，天天做好吃的招待他。这时候他们还没离婚，关系也没出败相。

都猜小花和星星毕业就会结婚，小花也是这么计划的，毕业留在长沙工作。星星他们家在长沙买屋，到处看房子，要得要不得，都要小花点头，对她很是宠爱。最后选在梅溪湖看湖景的屋，婚房定下来，讨论装修的时候，毛小树出事了。

毛小树犯过几回事，抓进去，教育几天就放出来了。这一次不得了，要判刑，搞不好会被枪毙。听说他吸了毒出去收保护费，打架，刀没有长眼睛，插进别人肚子里，弄死了人。警察在他住的地方搜出了毒品，抓了几个同伙，毛小树是头目。

毛三斤两公婆急得哭，城里没熟人，派出所没亲戚，不晓得怎么办。小花赶回来，也没主意，跟着流泪。毛三斤姓柴的亲戚那边，找到一个有本事的，可以把毛小树捞出来，开价三十万。毛三斤心里一热一冷，腿脚韧软的，蹲在地上半天没动。

乡亲们建议毛三斤去见那有本事的，当面求情，下跪都要得。毛三斤一家人坐汽车，转了好几趟去找那有本事的。没想到，那有本事的见到小花，改变了主意，他不要钱，只要小花，捞出毛小树，小花就归他，一手交人，一手交货。

回来的路上，小花没作声。

李脆红一直骂那个有本事的："什么东西，没钱不救命，看见小花长得乖，脸都不要了。那么老，有四十几岁了吧？我们家小花还是个黄花闺女哩！亏他讲得出口，我辛苦养大的女儿，不是让他来糟蹋的。"

"莫骂了，骂死他，就没人救小树了。"毛三斤劝她。

"我不骂他，骂哪个？有本事的为什么心都这么狠。三五万我霸蛮凑得起，三十万，等于要我的命。再说了，他要小花，我们家小花只值三十万吗？他起码要给我一百万……不行，两百万……"

"三十万不是他自己要，他要去打点别人。姓钱的是个老板，看不上这点小钱。"

"几十万还是小钱？他是干什么的？"

"盖房子的。益阳有个楼盘，正在卖。现在他不要我们的钱，贴钱去打点公安局、法院的人，这是把我们都当自己人了。"

"老毛，你碰了鬼，这么快就自己人了，你就一点都不替小花着想？"

"只想得一头了，要救崽，就要舍得女。我看姓钱的不像坏人。"

"四十几岁的人，你晓得他没有老婆，没有崽女啊？就算他没老婆，小花一去就当后妈，要受多大的气？你做得出，我做不出。"

"眼看着儿子被判刑，枪毙，我这一世也过不下去。"毛三斤说得很轻。

李脆红没有作声，拧起眉毛。

"难得碰到一个钱老板这样的人帮得上。小花，你看呢？"

李脆红看着小花的后背。

"我在想，怎么跟星星谈，"小花毫无表情，"我只有一个哥哥。"

"是什么讲什么。小花，这就是命。"毛三斤有劲了，没想到这么容易地解决了小花的问题。

小花不需要做思想工作，也没让人觉得她做了多大的牺牲，不哭不闹，到底是读了书的大学生，晓得轻重。李脆红心里又喜又悲，一时间哭得更加厉害。

我听人讲，他们三个人回到村里，问话都不作声，不晓得什么情况。只见李脆红哭得眼睛红肿，以为毛小树没救了，个个吓蒙了。毛小树在街上不做正经事，对村里人还是好的，在村里没做过半点坏事，二十几岁，年纪轻轻就要被枪毙，谁听了都不舒服。

小花一直坐在树林里，脑壳埋在膝盖间，好像睡着了一样，天煞黑的时候，她站起来，直接赶到学校去了。

过了十几天，毛小树放出来了。头发剃光了，晓得犯了错，对不起人，回来一句话都不说，好像被关出了问题，也不出来耍，每天帮毛三斤砌猪圈，劈柴，准备过年烧的柴火。

有件事不晓得从哪里传开的，人们说小花劈腿，甩掉男朋友，被老家伙搞大了肚子，一毕业就当了妈，住到大房子里去了，"现在的女孩子，只认钱不认感情，这样下去怎么得了。"

七

　　爱嫂不讨嫌。她是保姆里头，嘴巴最热闹的一个，矮墩墩的，一身软肉，手脚都很小，手背上"酒窝"很深。都说她有富贵手，没富贵命，娘家穷，嫁的地方更穷。三十几岁身体里长东西，切掉子宫，还切掉一截肠子，好像因为切掉了这些东西，身体负担减轻了，她总是比别人快乐些，一笑笑好久，一口长气像火车过山洞，听的人都走了，她的笑火车还在往前开。

　　爱嫂生过崽，五六岁时掉湖里溺死了，相片在她的手机屏幕上，一副圆脸，跟她很像。爱嫂的其他情况都不太清楚。她从来不讲她的男人，死了还是活着，在什么地方做事。越是过年过节，她越是加班，不回去，随便哪个要她顶班，帮忙，爱嫂都会去做。

　　有人肯定，爱嫂是没有男人的。

　　我认得爱嫂有五六年了。在秋莲那里遇到她，她刚刚到城里来，不晓得做什么好，在地下室跟老乡挤着睡。我正好晓得有人要请护工，一个动了手术的老太太住院，夜里要人照看。爱嫂喜得要死。所以呢，爱嫂的第一份工作，是我帮她找的，省了中介费，爱嫂一直记得，发工资就给我崽买零食吃。

爱嫂没挨过通宵，累得直打呵欠，好在那老太太只活了半个月就死了——这样讲别人似乎不太好，但爱嫂真的吃不消，再搞几天也会倒在医院里。

第二份工作是秋莲介绍的，对方要求保姆身体好，性格开朗爱干净，秋莲一想就想到了爱嫂。没见过比爱嫂更爱笑的，讲话声音不大，笑起来整条街都听得见，要是她半夜里笑，会吵醒整个城里的人。

她的工作简单，二十四小时住家保姆，给姓蒋的老头煮粥煲汤洗衣服，陪他说话，带他散步，还要认得几个字，给他读《一千零一夜》。

爱嫂讲她初中毕业，莫说读《一千零一夜》，读两千零一夜都没有问题，一路笑着就搬过去了。

爱嫂第一次住大屋，一个人住一间，铺很宽，床单有香味，洗澡有莲蓬喷头，马桶里的水是蓝的，她以为马桶通海，试了试水是不是咸的。

爱嫂说，原来海水没盐味，跟洗衣粉一样。

蒋老头有条哈巴狗，叫织女，毛色不清，吃狗粮，晓得上厕所，爱散步，就是不欢迎爱嫂，看见她就咬，就叫。

织女长得丑，地包天，两坨眼屎，脾气暴躁。爱嫂有回想打它，它跟她对着干，叉开脚，咬了扫把尖往后拖，喉咙里呜呜响，爱嫂一松手，织女就摔倒在地。

爱嫂笑得要死。

蒋老头也跟着笑。

有一天，蒋老头讲了织女的故事。他女儿在美国，难得回来，就买了织女陪他，算是尽孝。崽在深圳开公司，很少回来。有一阵劝他找个伴，给他介绍过几个对象，蒋老头都嫌她们没味，只晓得打麻将，跳广场舞。蒋老头想找一个爱读书的，爱听他读书的，但一个都找不到，都不如织女，织女一看他拿书，就趴着不动，听他读。

蒋老头对爱嫂像朋友一样，从不乱来，东摸西摸搞上床，那样的事他不做。用爱嫂的话讲，他不是很老，七十三四岁，要搞点什么还是搞得的，但他不搞，他是个知识分子。

蒋老头退休前是一中的语文老师，老婆是数学老师，走了三年了，屋里摆着她的黑白照片，还有几十年前的结婚照，一看就晓得两公婆感情好。

爱嫂有一阵笑不出来，她羡慕他们。夜里发梦，梦见蒋老头跟她结婚了，脸上涂得通红的，在照相馆照相，女人们都来吃她的喜糖，她大笑，笑得衣服爆开，奶子弹出来，惊醒了。

爱嫂跟我讲这个梦的时候，没笑。我晓得爱嫂喜欢在蒋老头家做事，但她真的背时，蒋老头好好的，晚上喝粥时，脑壳一耷，死了。脑溢血。

爱嫂带走了织女，怕织女变成流浪狗，被人一锅炖，只要她有吃的，织女就有吃的，她认为这也是蒋老头没说出来的心愿。

没多久，织女就听话了，天天在门口等爱嫂下班。保姆们也经常带骨头给织女。它不像原来那样霸气了，好像也晓得自己落了难，如果不是爱嫂，它可能变成野狗，下几窝野种，奶子拖地，一身泥巴。

保姆们合租一套屋，下班回来一起耍，讲东家的八卦，聊自己的男人，说得最多的是崽女。爱嫂不作声，给织女一粒一粒喂狗粮，揩眼屎，梳毛，脑壳上扎块红绸子，把织女收拾得漂漂亮亮。

爱嫂跟她们过不下去了，她们嫌织女有气味，不喜欢。背地里说，她一个做保姆的，不晓得能挣几块钱，养条狗，把自己当贵妇，可笑。有个保姆经常蹶织女，有一回被织女的牙齿剐得脚出血，欺负爱嫂，逼她出钱给自己打狂犬疫苗。她们看不起爱嫂，一个女人，切了子宫，没小孩，也没男人来找她，一身霉气，巴不得爱嫂搬出去。

爱嫂有一阵没找到工作，也没心思管织女，这条狗毛发脏乱，到处乱窜。有天爱嫂回来，不见织女，人们说它被摩托车撞死了，尸体丢进了垃圾桶。

张翁妈那段时间总要我回去做事，我这边走不开，就介绍爱嫂去试。张翁妈开始不答应，我就跟她讲爱嫂性格好，做事麻利，主要是心事好，东家死了，觉得狗可怜，就领回来养，这种事没几个做得到，我也做不到，我们四个人挤在小房子里，人都顾不过来，没工夫照顾一条狗。

张翁妈被我说动了，同意试用爱嫂。

爱嫂的笑声难得听到了，好像才晓得社会是这样的，外边的人是这样的。到张翁妈那里，也只认得做事，不爱讲话，问一句，答一句。事做得熨帖，就是气氛不好，张翁妈想有个人说说话，不单是煮饭搞卫生。

张翁妈总拿别人跟我比，一比较，就不满意了，还是要我回去，跟小姑娘一样生气，"我说了随便什么人都不请了，我晓得搞不好的，如不得意。"

她面子上还是做得很好，跟爱嫂解释一番，付了工钱，还打发她两包桂圆。

爱嫂是保姆圈中换工作最多的。她没有继续找工，回了芷湖口，那个水汪汪的湖区，吞掉了她的儿子。我以为她不会再来了。街上没有她的生存空间，乡下有田地，有自己的屋，睡在自己的铺上，园里田里，农活想今天做就今天做，不想做就出去打牌，日子不怕过不下。

两个月后，益阳街上又听到了爱嫂的笑声，跟原来一样，好像她回去吃了什么药，治好了病。这回爱嫂运气转了，找了一份好工作，照顾一对老夫妻，只煮饭，别的都不用管，也有地方睡，省得租屋，爱嫂拎了衣服行李住过去了。平时菜也由爱嫂买，账目写在纸上就行，也不查账。当然爱嫂不贪钱，几块钱一斤就写几块，角数分数都写得清楚明白。

吃了夜饭，收拾厨房，炖上第二天早上的粥，她就出去散步。小区有跳广场舞的，爱嫂不好意思，看别人瞎蹦乱跳。有一回给我打电话，我听见她手机里传来广场舞音乐，"妹妹你坐船头，哥哥在岸上走"。爱嫂对我说："周姐，我到益阳了，煮两个人的饭，蛮轻松的。你还在旧地方做事吗？我想过来看你。"

第二天午休时间，她到我做事的小区，带了一包干鱼仔，还有芦花鸡蛋，她关心我崽考大学，说是吃土鸡蛋，会考出好成绩。"我家牛牛要是还在的话，今年也要考大学了。"她只讲了这一句，搞得我心里不好过。

我发现爱嫂还在为儿子难过，想劝，又不晓得怎么劝。但爱嫂自己笑起来，说她这一趟回乡里，将田承包出去了，什么都不管，只认得收租。

爱嫂一直觉得自己跟别人不同，老了没崽女养，趁骨头还硬，抓紧挣钱。我想问她男人在做什么，话到嘴巴边上，还是没问。爱嫂好像晓得我的想法，自己讲了出来：

"都以为我没有男人，我有，只是残废了，扶了东西才走得路。以前在建筑工地出的事，脚手架垮了，从高处跌伤的。建筑公司赔了几万块钱，医药费都不够，没治好，残废了。有人要我去找建筑公司，要他们补偿，去找过几回，没有一个当家的。他们推来推去，没人在乎。有人叫我请律师打官司，没有律师费，哪个愿意做。那些大老板一餐吃掉好几万，根本不在乎工人的死活。"

我们坐在樱花树下，樱花开得热闹。爱嫂抬起脑壳看花，又看了一阵楼房，问我：

"住这种小区的都是什么人？有花有草，有鸟，有蝴蝶，还挖了一个这么大的湖，堆了这么大一座山，铺了这么大的草地。"

"肯定都是有钱的。"

"什么人有钱？"

"当官的，在广州、深圳做生意的，也有本地发财的。"

"当官的工资有多少？"

"工资作不得用，都有外水，全靠外水。"

"等你的崽大学毕业，也出来当官吧。"

"我崽不想当官，只爱写文章，他想当作家哩。"

"作家是什么？"

"就是写书，写了书卖给别人。"

"我那个小区，星期六也有人卖书。没什么人买，翻都没人翻。哪个花钱买书啊，吃不得，用不得，浪费。要是都像蒋老头一样，那还差不多。但蒋老头死了，益阳街上就没人看书了。我看还是当官好，坐在办公室吹空调，等着别人来求你办事。"

"也不见得，不晓得哪天就被抓起来了。你没看电视啊，捉了好多贪官，比益阳街上的官大得多呢。"

"贪多了是出问题。少贪一点好。要是我，搞点钱，在乡里起两层楼，贴好地面砖，壁上刷白，浴室装个浴霸，冬天洗澡热和，就行了。"

"说是这么说，哪个会怕钱多呀。"

"算了，做白日梦，过干瘾。你买码不？"

"买马干什么，乡里的牛都不用耕田了。"

"不是那种马，是彩票，买十二生肖的，有人买得发了大财。"

"我对赌博没兴趣。"

"她们都在买呢，一回买十块二十块。晓得罗嫂吗？上回中了三千多。"

"中一百万我都不眼红，横财要不得，你也莫去搞。"

"我买得耍。"

"买彩票犯法的吧？"

"都悄悄买的。秋莲写码。"

"秋莲真的什么事都搞。"

"她跟坐庄的熟。要是没工夫去买，打个电话给秋莲，报一下数就行了，钱晚一点补没问题。"

"我劝你买得耍都莫搞。赌博都会上瘾的，吸毒一样。我男人有阵子打扑克斗地主，斗得班都不想上，心思都野了。"

"不得不得，我不得上瘾。我这一世人没有对任何东西有瘾，想来想去，也只有这一个爱好，买下码，看下码书，你不晓得好有意思。"

"爱嫂，我看你已经上瘾了。真的莫搞，你要是无聊，找个男的胡乱去耍都要得，码就莫买了。你想想，要是买码能挣钱发大财，那都去买码呀，哪个还会去做事呢？你想钱想癫了。"

　　"我上一期看中了一个数，晓得出生肖牛，没有买，气得我哦……买了就中三千哩。"

　　爱嫂两个耳朵配相的，我的劝一句都没听进去。我不想说什么了。我已经破例当面给别人提意见，要别人不搞这个，不搞那个，违反了我自己定的规矩。我想我讲了做朋友的该讲的话，她不听，我没有办法，我只好离赌博的人远一点，不晓得哪天某根筋出毛病，被传染了，这都说不准的。

八

　　秋莲经常讲，都像周姐这样，一个地方做很久，中介所早就关门了。这是事实。张翁妈讲过一句话："小周是用心做，别人是混日子。"我是这样想的，没有别的能力，不起眼的事，也要用心去做，炒菜，就把菜炒好吃；搞卫生就要搞干净，床脚下、门旯旮里，都要搞到位。别人家里的财产，一坨金子摆在眼前，都不要眼红，靠自己的本事吃饭。

　　请过我做工的，都爱我做，后面请的人总不如意，都会打电话要我回去，给我加工资。我一般辞工都有原因，比如讲老板计较，不尊重人。

　　有一回，在一个小公司煮饭，六月天热得要死，客厅空调开得很凉爽，我把厨房门打开，放点冷气进来。小老板就走过来，把门关上，我打开，他又关上，这样的老板太小气，我做不下去。

　　还有一回，我在一个处长家里煮饭，主要是照顾处长的娘，处长的娘姓赵，看见我喜得要死，笑眯眯的，见面就给我一个红包。本来是家丑不外传，我一去，赵婆婆就跟我讲秘密，吓得我要死。她先是讲她老公心事毒，原来讨过一个，被他害死了，后来呢，又讲她老公跟儿媳妇搞，被她看见了，她一直讲这件事，她老公跟儿媳妇抱得绷紧的，睡在一起，她说儿媳妇是个骚东西。每回只要儿媳妇一来，她就把她老公关在房间里，不让他跟儿媳妇见面。

听到这里，我觉得赵婆婆不正常，不相信她讲的。她老公七十几岁，讲话都费劲，走路一寸一寸地移，走半天还在原地，不可能发生她讲的那种事。我本来想随便赵婆婆胡乱讲，我做我的，反正不掺和她家里的事。有一天，我上班坐错了公交车，倒了一趟，到她家晚了二十分钟，赵婆婆垮下脸，样子吓死人，对我挑三拣四，这里没搞干净，那里还有灰，菜烧咸了，饭煮硬了，样样做得不好，我气得要死。我说我不做了，辞工，你去请做得好的。我打电话给处长，处长也气得颤，他已经请了好几个保姆，都被他娘气走了。

处长给我讲好话，加工资留我，还说要帮我女儿解决工作。他开出这么好的条件，我还是做不到。我说我最看不得别人的脸色，我是做保姆的，你需要我，我需要工作，我靠自己的劳动吃饭，都是平等的，看我不起，那就算了。我做工要做得心里舒服，累一点无所谓，憋气不行。保姆圈都晓得我的性子。

有嫌弃老人的保姆。张翁妈就请过一个，兰溪那边来的，一个焦干的女人，穿得不蛮好，说她家不是没有钱，她只是耍得无聊，出来做事散心，顺便交几个朋友。

我讲过，是张翁妈的女儿容不得我，我辞工以后，张翁妈不断换人，个个不满意，又总想试到一个好的。她很失望，对我说："小周，我晓得，这一世都请不到你这么好的人了。"她一边请人，一边等我辞工，"我女儿是有蛮讨嫌，你莫听她的，她就是要搞得我请不成保姆，她又不帮我做，这个死鬼婆子。"

兰溪来的这个女人姓朱，不喜欢别人喊她朱嫂，要喊朱家嫂，好像这样贵气一点。朱家嫂跟张翁妈的第一句话就讲，她别的优点没有，就是特别爱干净。张翁妈听了高兴，要得啊，找的就是爱干净的，谈好工价，留下试用。

朱家嫂东西不多，一个装得几十斤米的布袋子，塞得满满的，一堆猪肝色的衣服，还有一套筷子碗——她专用的。张翁妈心里冷了一截，当天夜里跟我打电话，讲了朱家嫂的表现，不晓得她还有哪些洁癖，后悔得要死，又狠不下心辞掉。

朱家嫂像回到自己家里一样，先是舒舒服服地坐下来歇气，自己倒了一杯茶，一边吃，一边东看西看。她说张翁妈不晓得配色，窗帘颜色老气了，跟地板不搭，桌子应该摆到中间些，门口要放一张脚垫。张翁妈感觉不是请了一个保姆，而是来了一个后里娘。

朱家嫂不着急做事，说是要先熟悉环境，摸清楚地形，免得跌脚绊手，碰倒这里，撞翻那里，给东家留下不好的印象。熟悉环境一般要三天。有的东家屋大，高处一层，脚下一层，要个把星期才摸得清门路。

朱家嫂明摆着要耍三天。张翁妈忍着气，自己买菜做饭搞卫生，想看看朱家嫂到底搞什么鬼。

朱家嫂好像真的是出来散心的，屋里耍一阵，街上转一圈，要不就坐在椅子上，看张翁妈做事："张翁妈，莫搞这么干净，差不多就要得了。"

焦干的朱家嫂蓄的长头发，高处一半扎个坨，脚下一半披开，白头发和黑头发一样多，很油腻，早晨在洗手间梳头，地上掉一层，也不捡拾，张翁妈气得直骂娘。

三天以后，环境熟悉了，朱家嫂动手做事，手脚慢，厨房摸半天，张大爷饿得发晕。菜的味道还不错，肉丸子做得细嫩，辣椒炒肉喷香的，张翁妈和张大爷吃的这份端到桌子上，她自己吃的另外装出来，拿出专用碗筷，也坐到桌上吃。张大爷有时糊涂，筷子戳得她碗里去了，她就不吃了，一概倒掉。其他剩菜剩饭也不留，餐餐清得干干净净。

这么浪费，张翁妈心疼得要死，打电话给我诉苦，问我怎么办。我说不喜欢就辞掉，你情我愿，勉强不来的。不晓得为什么，张翁妈心软，觉得朱家嫂样子焦干的，日子肯定过得不好，辞掉她，怕对她生活造成困难。

张翁妈一贯糍粑心，自找麻烦。我没什么好讲的，讲太多违反我给自己定的规矩。讲得好便好，讲得不好，还得为自己的建议负责任，就像当媒婆做介绍，结了婚感谢你，闹离婚就怪你，都是介绍人的错。

清净了几天，张翁妈又给我打电话：

"小周，她不肯走哩，硬要我讲原因，为什么辞她，她做得不好的地方，她改正。我说朱家嫂啊，你没有别的毛病，样样都好，就是太爱干净了。"

张翁妈挺幽默，我说："这么强势的保姆，我也没见过，她是不是脑壳不正常？"

"是有点。反正赖着不肯走，怎么办哩？"

"叫你女儿来处理吧，她会有办法的。"

"是噢，我现在就喊这个鬼婆子来。"

后来张翁妈讲，她女儿来了也赶不走。朱家嫂不要脸，硬要张翁妈多给一千块钱，坐在地下耍泼。张翁妈的女儿拿扫把打她，张翁妈扯开，想给她钱，又怕女儿晓得骂人，悄悄在朱家嫂耳朵边讲，要她先出去，明早再来拿钱。朱家嫂才背着布袋子走了。第二天下午才来，拿了钱还是赖着不走：

"张翁妈，你反正还没请到人，只要请到人，我就走，要得不？"

张翁妈反应快，看见她女儿搭在椅子上的衣服，就讲："已经请好了人呢。你看，她的衣服都在这里。"

朱家嫂很生气："这么快就请好了人，原来是早有安排的，瞒着我。你这个老太婆，心硬又蛮狠，未必她的菜比我做得好？我不相信。等着吧，要不了多久，你就会想我回来做的。"

张翁妈又费了一番功夫哄走朱家嫂，关门上街，看见朱家嫂往秋莲中介所那边去了，心里松口气。

　　保姆们在秋莲这里闲聊玩耍，相互传达招工信息，发牢骚，骂东家屋里的娘。

　　"我昨天辞工了，"朱家嫂靠着门框说，"那个张婆婆，吝啬得要死，菜都舍不得吃，我做了一段时间，只吃过一回肉。张老头邋遢死了，一身尿臊气，我这么爱干净的人，闻了吃饭不进，掉了几斤肉。你们看喽，张婆婆肯定会讲我的不好，说她不要我干了，她狡猾得要死。"

　　爱嫂在张翁妈屋里做过，听不得别人乱讲："张婆婆这个人，一般不讲别人的坏话。做事虽然很难如她的意，但她在吃方面还是舍得的，天天有鱼有肉。"

　　朱家嫂自己讲自己的："你们不晓得哩，她的女儿也是个恶女人，没事就过来相骂，骂张婆婆是老猪婆，张婆婆骂她女儿是婊子婆。要不是我扯架，两个人的头发都会扯光的。你们呀，就算是找不到工作饿死，也不要到她家去。"

　　秋莲学朱家嫂讲话，眼眨眉毛动，学得很像。这些话后来传到张翁妈那里，张翁妈气得要死，她的女儿听见了，摸起扫把跑到秋莲介绍所，幸好朱家嫂没在这里。张翁妈的女儿发飙也有蛮吓人，说是只要看见朱家嫂，就打她一餐饱的，撕烂她的嘴巴，让她不再乱咬。张翁妈的女儿做得出，有人讲给朱家嫂听了，朱家嫂吓得要死，不敢到介绍所来，连张翁妈住的这一边都不敢去了。后来都不晓得朱家嫂去哪里了，没有人讲起她，过一阵就把她忘了。

油菜花开的时候，朱家嫂出来了，还是焦干的，没穿衣服在街上唱歌：

八月桂花遍地开

鲜红的旗帜竖呀竖起来

张灯又结彩呀　张灯又结彩呀

光辉灿烂现出新世界

亲爱的工友们啦

亲爱的农友们啦

唱一曲，国际歌，庆祝苏维埃

很多人围观。原来朱家嫂是个菜花癫，到春天就发作，关都关不住。兰溪来的人讲，那边的人都认得她，乡下有屋有崽有老公，屋是两层楼，不是缺钱的人家。不管她癫到什么地方，没人来找她，有时癫出去几个月才回去。她老公杀了几十年猪，卖瘟猪肉，做死猪腊肉，别人丢掉埋掉的猪，他搞出来加工。两个崽十七八岁，一个在东莞送快递，一个在珠海洗车，一年四季在外面，不管自己的娘，她回就回，失踪就失踪，活是随她活，死了就去收尸。

秋莲看不下去，给朱家嫂披条围巾遮丑，朱家嫂挥舞围巾当旗耍。

九

张翁妈一给我打电话，我就晓得她请的保姆不行了，她说话越来越有一套。

"小周啊，你来喽！你喝茶的杯子，我洗得干干净净，放在柜子里。你的拖鞋我也收好了，只等你来穿的。"

她说着说着哭起来，"搞不好，一个都搞不好，怎么办喽！上回那个女的，下午三点多钟来的，一进来就问有什么东西吃，她肚子饿得疼。我只好炒了一碗蛋炒饭。不晓得她有多久没吃饭了，水都没有喝一口，一下子吃得碗朝天。我看她不像胡乱来的女人，衣服穿得老实朴素，年轻时应该是好看的。噢，她姓郭，都喊她郭家嫂。她说她做了几年的保姆，东家挑她，她也挑东家，不管哪个辞哪个，都是一团和气，从来没有闹得不愉快的。她说得这么好，我就留下她做。

"有个年轻人，天天来找她，一天找好几回，在阳台下喊郭玉梅，年纪像她的崽，但又不是娘崽关系，是郭家嫂的对象，分手几个月了，还缠着她不放，要她付五万块钱青春费。郭家嫂讲的，她挣点钱，差不多都花他身上了。他只晓得要她的钱，还要她到'臭水沟'去卖身。郭家嫂没去。

"这种话都讲得出，郭家嫂晓得这个男的不好，分手各走各的，他就追着不放。在益阳街上，没有他找不到的地方。我问他多大了，她说的二十八。蠢哩，小十几岁，搞得脱不了身。我怕惹麻烦，发了工钱打发郭家嫂走，她跟朱家嫂一样，不肯走。反复说她做得好好的，为什么不要她了。我说，你先处理好楼下这个年轻人，莫让他闯出祸来。

"郭家嫂笑我胆子小，说他不犯法，这是骚扰，她报警就行了。我不同意。搞一堆警察到我屋里来，别人不晓得出了什么事。我说你出了我的家门，报警不报警，我不管。郭家嫂不走，说我没道理这样赶她走，做人要有良心。

"小周，你听见了吗，她还跟我谈良心，我搞不懂，也吃不消，只好又喊女儿过来。女儿不听话，不来，逼我答应她以后不再请保姆了。我当时什么也没想，只想快点让郭家嫂走，女儿讲什么都我点头。郭家嫂只怕也晓得我有个厉害的女儿，听到我打电话，就拿了工钱，清了她的东西走了。"

张翁妈讲到这个地方，忽然笑起来。

她在电话里讲了一两个钟头，我手机热得烫手，耳朵根疼得要死。我后来在秋莲铺子里看见郭家嫂，没多久也混熟了。

她是个漂亮女人，穿衣服讲究，不像做保姆的。今天百褶裙配开心衫，鞋子半高跟，明天穿条大裤脚，到了东家才换上做工服，搞卫生煮饭。她什么都讲，声音细软，说她保姆做得最轻松的两年，就是照顾七十岁的杨老头，吃和住都在他屋里，舒舒服服。杨老头自己做得，菜也炒得好，她在旁边看着他搞饭吃，专门做她爱吃的菜。杨老头随她做不做事，也不喊她做事，经常给她零花钱，有时给好几百，"我天天耍，杨老头这样的人难得碰哩，他要是多活几年好了。"

郭家嫂有时夜里陪他睡。她讲，睡也是白睡，他没有功能，只在她身上蹭几下。女人们讲起来就笑得要死，尤其是平时爱讲黄段子的这几个，"碰到这种人最好，那么'蹭几下'，没什么损失。"

只要秋莲的铺子里发出很大的笑声，十有八九在讲老头们床上的事。有的老头早就烧成了灰，还被她们反复讲。有的话我听了都不好意思。老李不要我跟她们一起耍，他觉得她们中间有些人不要脸，给钱就什么都做。我晓得，她们挣的钱不是给自己吃喝玩乐，不是为自己。有的人要养崽，有的人要治病，有的人要建房子，要么是家里男的没本事，要么离了婚。我爱到秋莲铺子里去耍，只要不告诉老李，他不晓得。

郭家嫂说的男人，没一个有功能的，除了"蹭几下"，还有吃了伟哥，死在女人身上的。讲多了，就觉得她在编。她好像讨厌男的，不管老的少的，一讲就要把他们讲得没卵子，没功能，蹭几下就满足了的。

郭家嫂家里的情况，是另一个保姆讲的，这个保姆姓邓，跟郭家嫂处得好。邓嫂本来想讲点义气，不说郭家嫂的伤心事，但只要有人怂恿她，她就管不住自己，郭家嫂过去对她讲的话，就是这样倒出来的。

邓嫂不到四十岁，家是邓石桥的，都晓得邓石桥出金子，很多山都挖空了。邓嫂经常讲她家床底下有几坨金子，夜里金光闪闪的。所以她出来是做着耍，不找老头，专门给别人带小孩，天天抱了到秋莲铺子里来，小孩带好了，自己也耍好了。

邓嫂的东家是做钢筋生意的，住碧桂园的别墅，头前后背都有院子，头前的养花，后背的种菜。除了她，还有一个专门煮饭的保姆，谢林港来的谢嫂。谢嫂看邓嫂只是抱着小孩耍，工资还比她高，心里不熨帖，老是喊辞工。东家只好给她加工资，加了几回，谢嫂的工资比邓嫂高，邓嫂又不干了。她说带小孩属于教育性质，她要教小孩讲话、走路、认字，教他懂礼貌，煮饭不要知识，文盲都晓得煮饭。

谢嫂讲邓嫂做的是把屎把尿，给小孩揩屁股，洗澡换衣服，这种事只要是人都晓得做。煮饭是技术工种，不是人人都煮得好的。谢嫂跟邓嫂两个人狗咬狗骨头，相互看不顺，一天总要吵回把。邓嫂对谢嫂的看不起多一点，因为她家床底下有金子放光，谢嫂没有。

邓嫂讲郭家嫂讲得很有味，别人听故事一样。

她说郭家嫂七八年前离的婚，前夫姓丁，是个包工头，搞装修的，益阳街上的泥水匠、油漆工、电工、木匠，没有不认得他的。因为他一包了工程，就要找他们来做事。他手里有一批工人，这个不得空找那个，总能找到有空的。

工人们叫他丁老板。

丁老板不喝酒不吸烟，只有一个爱好，就是洗脚按摩松骨。益阳街上洗脚按摩的地方他都试过，有几个地方有固定的工号，是贵宾，里头的人都认得他。

丁老板没带郭家嫂洗过一回脚，也没在家里洗过一回脚，都交给了那些女孩子们柔软的手。那些柔软的手还给他洗过别的东西，邓嫂讲的，益阳街上都是这样的，不然没什么人来，生意做不下去，女孩子也挣不到更多的钱。

丁老板管洗脚叫足疗，花样很多，有护肾足疗、护腹足疗、全身按摩足疗，身上所有的地方都跟脚发生关系，经常一起疗。邓嫂说，有一个项目丁老板最爱做，就是女孩子用手给他脚板心推油，推几下就射了，不要额外付钱。

郭家嫂告诉邓嫂，丁老板脱掉袜子就一股药味，身上也不晓得一股什么味，她闻不得。开始分被窝睡，一人盖床被，后来分床睡，反正家里房间多。

郭家嫂告诉邓嫂，两公婆不要分开睡，一条手指宽的缝，分铺睡就会变成丈把宽，夜里一定要睡一起，箍得绷紧的，搞得他一身韧软的，在外面就老实了。

"邓嫂啊，我就是这个事情忍不得，忍得的话，就不会离婚。现在后悔也没用了。"

"你有蛮蠢，随他在外边搞什么，搞完还是要回来的，钱还是会交给你管。女人抓了钱，还怕什么呢？你长得这么好，不晓得也去找个年轻的啊？"

"他要是晓得了，会把我扫地出门。"

"那不公平。"

"社会是这样的啦。有的事男人家搞得，女人家一搞就把自己搞臭了。他找的这个按摩姑娘，比他小十七八岁，我找到她家里去了。大通湖的，住的茅草屋，房间里墨黑的，还是烧土灶的。父母都是老实人，样子阿弥陀佛。我原来是准备去骂人的，讲什么骂什么都想好了。我是要她村里人都晓得，张丽嘉是个婊子婆，让她回去做不得人。哪晓得，到她家我就熄了火，什么没有讲，还给了她娘一千块钱。我后来想了想，牛吃禾苗只怪牛，这件事不怪张丽嘉。"

"你这样好，张丽嘉感动吗？有点良心的话，她应该跟你老公断绝关系。"

"断掉这个张丽嘉，还会有别的，管不住的，不如放他的生。我最气的还不是这些哩。崽太淘气了，吸毒，不做好事，关在牢里，还有几年才出得来。我还有个崽，十二三岁得病死了，只怕是房子的风水不好，建房子时我们吵了几回。我又要跟你讲，邓嫂，建房子办喜事什么的，吵不得架，吵架会背时的。"

郭家嫂有一套说法，什么出去办事，出门不要折回来，折回来就会不顺利，进家门莫踩门槛，夜里睡觉脑袋不要朝西。

丁老板跟张丽嘉结了婚，买了新屋，不出一年就生了崽，孩子刚上幼儿园。郭家嫂气得要死。离婚时街上这套旧屋归她，屋里的东西都没动，丁老板只清走了自己的衣服。郭家嫂起先等他回来，把过去遢遢的事翻过去，两个人重新开始，过得下去就再扯结婚证，不料一脚踏了空，鸟从笼子里放出去，再也不回来了。

邓嫂讲，郭家嫂气得很厉害，家里待不下去了，天天回想跟丁老板过的日子，哭一阵，再想象丁老板跟张丽嘉在新屋里的生活，骂一阵，白天巴望天黑，夜里不得天亮，不晓得日子怎么过下去。有天经过秋莲的介绍所，看见女人们聚在一起，聊得快活，一问都是做保姆的，她就想，一个人在家口都憋臭了，不如出来当保姆耍一耍，换换心情。郭家嫂交了五十块钱，托秋莲介绍东家，三天后就找了工作。没多好久，认得一个年轻人，郭家嫂自己讲，功能好得要死，天天夜里搞得她睡不成。不晓得是不是张翁妈看见的那个。

邓嫂讲，郭家嫂搞的后生崽，只怕不止一个，她出来散心，心真的散了，尝了后生崽的味，对老家伙干脆没兴趣，也没合适的可以结婚。郭家嫂没想过再嫁人，没钱的不想找，有钱的不省心，她的鼻子还没有忘记丁老板脚上的药气。只有一回，郭家嫂真的看上了一个男人，东家的堂弟兄，不晓得叫什么名字，让她念想了一段时间。

总之，郭家嫂后来是秋莲铺子里瞎聊的主力。

不晓得从哪天起，保姆们都要讲一阵买码的事。她们买码，一回只买两块五块，不研究，跟着买。她们之间，只有爱嫂买得多一点。她做研究。所谓的研究，有几个方面，一是看夜里做什么梦，如果夜里梦见两条蛇呢，她就会讲，这一回出码，不是龙，便是蛇。走在街上，有条狗看了她一眼，她就觉得狗在传递信息，这一回的码肯定出狗。

爱嫂也买码书看，还有非法印的报纸，上面有的分析，不晓得她看得懂不。她宿舍里旧报纸一堆，舍不得丢掉，有时随便从里头抽一张，看上面的内容，就对这一次买什么心里有数了。爱嫂自身没线索的时候，就从别人身上找。比如哪个保姆生日，就问她是什么生肖，哪年哪月生。爱嫂也有买中数字的时候，但更多是看中了没有押，于是她到处讲，后悔得要死："我讲了会出这个码啦，通知几个朋友买了，自己没有买。"别人问她，看中了怎么不买，她说事情多，忙忘了，记起来时，码都开出来了。

郭家嫂不买码，看见买码都不爱，赌博、吸毒这两件事她很嫌恶，"你们买你们的，中一百万就不要做保姆了，请别人来给你们当保姆。"

萝卜青菜，各喜各爱。郭家嫂爱的，别人背地里也说三道四，讲她只爱年轻的，心里怕老，再过几年就要闭经了，在后生崽身上花的钱，比她们买码的钱多得多。买码有时还返得一点本，赚得一点，花在男人身上的钱，没回来的。她身体上是享受了，但反过来讲，那男的又搞又拿钱，得的好处比她多，她做的其实是亏本生意。

亏本不亏本，郭家嫂心里有数。她看透了。一世人过了一半，没什么搞头，功能越来越弱，老了，什么也搞不得了，只晓得吃了困，困了吃，自己动得做得还好，动不得，还得病呢？莫说别人了，自己的崽女看见都不爱。她讲这些都是有样板看的，好多崽女都靠不住，都只顾自己。她做保姆看得多，老人家动不得，崽女都懒得动手，请护工，请别人来照顾，巴不得早些扯掉氧气管，快点落气。她照顾过一个老头，本来他多住几天院就好了，崽女急于上班，硬要他出院休养，结果回去病得更厉害，不是要死人的病，但还是死了。

老李有一阵没事做，骑摩托车送我上下班，只要看见秋莲铺子里成堆的女人，就要我提高警惕。他听别人讲，有些做传销的，专门在保姆里头发展下线，保姆没脑筋，一听说挣钱容易，听了就眼睛放光，将亲戚朋友拖进来，等着不做事，坐在家里收钱。

想发财没脑筋，上当的就是这些人，自己的钱被骗了，亲戚朋友的也被骗了，追都没有地方追。老李给我下死命令，不交钱，不买传销产品，只要有人讲钱多容易赚，就不要信，天上不会掉馅饼。

有一天，秋莲约了我、邓嫂、爱嫂、凤嫂、郭家嫂到会龙山去耍，她有个表妹在山上买了新屋，要她喊些朋友去热闹一下。我们这些做保姆的，突然发现，在益阳街上生活这么久，连会龙山都没去过，天天做工，没想过耍，于是霸了一个蛮，挤出半天，跟着秋莲到会龙山耍。

秋莲的表妹年轻，三十几岁，姓苏，要我们喊她小妹，我们喊她苏小妹。苏小妹很爽快，"我表姐的朋友，就是我的朋友。"她对做工的没半点看不起，我们也就很放肆，不客气，该吃就吃，该喝就喝，问东问西，就是没问她是做什么的。

夜饭是在她顶楼平台上吃的。搞烧烤，牛肉、鸡翼胖、香肠、菌子、辣椒、茄子、韭菜，红酒随便喝。苏小妹简单介绍了红酒的产地、出产年份，喝红酒的好处，尤其是女的，睡前喝半杯，美容、养生、活血，而且这些红酒都不贵，几十块钱一瓶。

一听红酒好处多，爱嫂和邓嫂就不加控制，吃得满脸通红。凤嫂醉得讲胡话。她生日那回，吃了林妹妹带来的红酒，晓得红酒是好东西。她讲毛小花家有很多红酒，她吃过一点，有的是毛小花要她吃的，有的是她偷了吃的。有段时间她以为小花的白皮肤是吃红酒吃出来的。

苏小妹舍得拿红酒出来招待，保姆都觉得她是真心对人。

苏小妹说，莫看她日子过得好，其实她以前也做过保姆，她还有亲戚在益阳街上做工，就算她有一个亿，也不会觉得高人一等，她和她们是一样的。

秋莲跟着点头，不时插几句话。讲苏小妹脾气好，别人指到她鼻子尖上，她都不发火，心也好，爱帮忙，总希望身边的朋友都过得好，别人过得不好，她夜里都睡不着觉。

苏小妹晓得搞气氛，玩了几轮棒子打老虎的游戏，开始唱歌。她先唱了一首《在希望的田野上》，手舞足蹈，保姆们手掌都拍疼了。秋莲接着唱《谁不说俺家乡好》，高调子上不去，唱得脸上青筋突起。轮到我们这些保姆，只晓得笑，你推我，我推你，都不好意思，人都要躲到桌子底下去了。

"个个都要唱，都唱才好玩，不唱就是不把我当朋友。"苏小妹笑眯眯的。

"唱嘛，出来耍，都放开点。"秋莲跟着讲。

"唱就唱哩！"凤嫂借了酒劲，"我唱邓丽君的《甜蜜蜜》。"

凤嫂带了头，剩下的都晓得不唱不行了，不管什么歌，都要吼上几句。没想到一唱就唱开了，于是抢着唱，最后各唱各的，一片号叫声。散场时意犹未尽，于是苏小妹再约大家去唱卡拉OK，益阳街上最豪华的罗马大帝，一百块钱可以唱一下午，要我们这几天练几首歌，到时再表演。

苏小妹讲信用，过了一个星期，在罗马大帝订了一个大包间，准备了一些水果零食，唱的唱，吃的吃，聊的聊，虽说没人抽烟，包间里也有种烟雾笼天的感觉。

保姆们吃烧烤那回打开了嗓门，在包间里不再推让，而是抢麦。老歌翻出来，争着唱。五六十年前的革命歌曲，不管音乐节奏，对着麦克风乱吼乱叫。服务员进来倒水，怔住了，没见过这么唱歌的，也没听过这种歌，不晓得这群女人是哪里来的。唱到五点半结束，邓嫂喉咙嘶了，爱嫂手背酒窝里都是汗，保姆们跟醉过酒一样，身体轻了不少。

我因回乡里给婆婆做寿缺席。听说比吃烧烤那天耍得还好，从没进过卡拉 OK 厅的保姆们，高兴得要死。

"这个罗马大帝，狗日的，皇宫一样，豪华得要死。"爱嫂在秋莲店里讲起来，还是很兴奋，"有钱人的日子，过得硬是不一样哩，要不是苏小妹，我都不晓得自己唱得歌，还能到那么高档的地方唱卡拉 OK。"保姆们欢喜，觉得生活跟以前不一样了，开了眼界，长了见识，最主要是转了运，交了一个有钱的朋友，吃啊耍啊，一分钱都不要她们出，连带跟秋莲的关系也近了。

估计是受了有钱人的刺激，爱嫂更花心思研究码经，下的注也比原来大了，她相信总有一回会搞中。

这事我觉得不对劲。苏小妹这样请保姆们吃喝玩乐，难道真的是要跟她们做朋友？我跟老李讲，老李问苏小妹做什么的，我说她原来做过保姆，现在不晓得做什么。

"你不要跟着吃，跟着耍，事情没这么简单，现在吃的喝的她出钱，只怕到时候你们要返出多的，要是没所图，她不可能做这些，她又不是菩萨下凡。"老李又给我敲了警钟。

我有回跟凤嫂讲起这件事，要她也警惕一点。

"你晓得，我在等卜菊仙的消息，全部存款都拿去买社保了，我现在人一个，肉一坨，随便做什么都拿不出钱了，"凤嫂讲道，"喊我吃，我就去吃，喊我耍，有时间我就去耍。不吃白不吃，不耍白不耍。"

我没跟其他人讲，说多话泼冷水，违反我给自己定的规矩。

我答应张翁妈上午给她做事，搞两个钟头的卫生，搞完卫生，到另一个地方煮中饭和晚饭。我没跟苏小妹她们耍，一是确实没时间，二是听老李讲的，不瞎玩，有好事不眼红，上当也没有我的份，做工人靠做工吃饭，夜里睡得踏实。

老李也是好笑，天天想着街道快点烂，烂得坑坑洼洼，这样他就有事做了；他也想涨大水，一涨大水，资江两边修堤防洪，他就有事做了。

"人行道上的砖不能铺得太好，铺好了几年不烂，路不烂就没事做。这是小包工头教的，小包工头包不到工，工人就找不到事，所以呢，包工头和做工的，是一根绳子上的蚂蚱。"

我要老李莫听包工头的，做就做好，路不铺好，也害了自己。从家里走到公交车站，有段路烂了，一下雨就要小心，砖块是松的，踩下去，飙溅一身泥水。

老李讲："益阳街上都是这样搞的，我一个人认真没用。我做好了，会被做工的骂。包工头看你不听话，下次就不喊你来做。所以，不听包工头的，就是自砸饭碗。"

我一想也有道理，等着做工的排长队，你不做他做，傻子才跟包工头唱反调。

不晓得为什么，到益阳街上住了十几年，一直不踏实，不像在乡下，住在自己家里，晓得这是属于自己的地方。有些人讲这就是漂泊感，要买屋住，住进自己的屋，感觉会不相同。

我不晓得何年何月才买得起屋，存款从没超过一万块。屋价呢，十年前一千多块钱一平方米，如今涨到了五六千，交首付都差得远，贷款也还不起。再有，如果老了做不动，还住在城里干什么呢？养老还是要回乡里去，自己种菜，省得买。城里的蔬菜价跟猪肉差不多。幸好有个亲戚经常送菜，没打农药，没用激素，吃起来放心。街上买的菜，放一夜，第二天又长大了；番茄外面通红的，切开里头是绿的，电视上讲，这是用了激素的。用了激素，吃不得，吃了没有生育，吃了得癌，吃了死人。为什么种菜、卖菜的，要用激素呢？为什么政府不管呢？吃了以后都没有生育了，地球上不会就没人了？人人都晓得有激素的菜吃不得，但是不吃没吃的，除非自己种。只要在街上住，就要吃激素菜，吃激素肉。买回来用盐水泡一阵，泡掉农药，消消毒，也不晓得有用没用，感觉心里舒服一点。

还是老李讲得狠，只有法律规定，食品不许添加化学品，抓了罚款，坐牢，就没人缺德了，毕竟没人愿意把生意做到牢里去。但老李只在家里声音，外边的事他讲了作不得数，也没人听得见。

算了，不发牢骚了，全国人民都是这样吃，这样过。要是所有人吃激素吃死了，只有我们家人活着，也没意思，这样一想，我就没什么好担心的了。

我接着讲苏小妹，保姆们提起她，都赞个不停，巴望她继续搞聚会，喝红酒，吃烧烤，唱歌聊天。苏小妹好像晓得大家的心思，又约了到会龙山去耍。秋莲通知我，我本来不想去，老李的警钟敲得我产生了好奇心，决定去看看到底什么情况。

秋莲不但市政府有亲戚，还有阔气的表妹，在益阳混得顺顺溜溜，真的是个人物。我要是不在这里多讲她两句，就对不起她。

此前我讲过她很瘦，她的瘦，跟朱家嫂焦干的瘦不一样，就像我们乡里做腌菜，比方说，一种是阴干，一种是晒干，秋莲就是阴干的，朱家嫂是晒干的。阴干的没见太阳，看上去有点潮湿，晒干的呢，枯得一捏就成粉。

女的到了四五十岁，如果脸上不长肉，身上不长膘，就是一副苦命相，市政府有亲戚也不例外。秋莲还养了一脸雀斑。听中医讲，内分泌失调，会引起黑色素沉淀，脸上会发黑，长斑。秋莲脸上的雀斑有时明显，有时不明显，我猜可能是妇科这方面的原因。

秋莲没讲过崽女，可能没生过，可能出了什么状况，也没听她讲过她男人，可能没男人，可能出了什么状况。这些都不谈，只说我晓得的。

有一回，一个矮婆婆来到秋莲店铺，于是大家晓得秋莲姓谭。矮婆婆找秋莲要东西，秋莲没有，矮婆婆就坐着不走。秋莲说："我都不是你家的人了，还来找我做什么。"大家便晓得矮婆婆是秋莲的婆婆。

一个人要在益阳藏起自己的历史，短期可以，时间长了，总会暴露底细，秋莲认得这么多人，迟早会有人讲她的事。所以呢，秋莲这个大人物的秘密，在矮婆婆到来之后，就不是秘密了。没多久都晓得秋莲结过婚，嫁过去五六年都没有生育，她婆婆着急，另外找了一个女的，秋莲的男人夜里摸过去和那女的睡。半年后，那女的肚子鼓起来，婆婆喜得要死，天天炖汤搞营养，给肚子里的孙子吃。那女的一口安化腔，不把秋莲放眼里，甚至看不起她，因为她的子宫没用，种子进去都不发芽。

秋莲那一段过得蛮苦，她平时也透点口风，暗示别人她是受过磨难的人，只是都不晓得她受的什么磨、什么难，原来是这种情况。秋莲和婆婆、老公、安化女人，四个人一张桌子吃饭，安化女人吃饭嚼得很响，饭碗空了，朝秋莲一伸，要她去盛饭。秋莲不动，婆婆一清嗓子，秋莲就起身给安化女人添饭。

这时的秋莲没别的想法，她希望安化女人肚子里的东西不成活，再怀一个，再坏，永远生不了。但安化女人的肚子长得风快，端午节在菜园里摘黄瓜，一弯腰就生了崽，像母鸡在刺绊子里下蛋一样快。秋莲就等小孩得个什么病，出点什么事，但小孩也长得风快。第二年安化女人又生了一个。秋莲觉得没希望了，出来时没办离婚手续，也不晓得要办手续，才能解除夫妻关系。

事实上，她男人本人没有想离婚的意思，他们的感情从一开始都不错，秋莲没生育，他想对祖宗有个交代，顺了他娘的意。他对安化女人没感情，说穿了，只是借她的子宫用一下。但她生了两个，不能赶她走，一怕小孩长大了恨他，二怕村里人讲他怎么做得出这种事，很多事搅在一起，理不清，就干脆不管它。

她男人的意思是，一家人就这样过下去，孩子也有了，他再不碰安化女人了。

秋莲起先相信他，但她男人讲话不作数，隔一段就要摸到安化女人床上去搞她，安化女人不讲的话，秋莲还蒙在鼓里。问她男人，她男人不承认，还说安化女人撒谎，挑拨离间，他没那样做，他说了不搞她，就不会搞她了。

秋莲不晓得相信哪一个。

安化女人平时看不出有挤走秋莲的意思，她只是偶尔跟秋莲抱怨。

"啊哟，腰酸背痛。昨夜里，他真的像吃了猛药一样。"

"不晓得他怎么这么好的兴致，不管白天夜里……"

秋莲年轻时应该长得不丑，单眼皮，瓜子脸，性格也好，要不是也没这么好的人缘。她从不跟安化女人正面冲突。安化女人讲这些，她只是听了，没有反应，好像无所谓，回房间跟她男人闹。他没有一回承认的，表现得非常生气，说安化女人的坏话，说她有心计，信她，就会中了她的圈套，她娘家没有亲人，是要想方设法在这里落脚扎根的。

秋莲最后从家里走出来，跟一个男的有关，是邻村的，叫马小驴，走南闯北的样子。他说好多女人都到城里去做事，挣得两三千块钱一个月。秋莲正好忍不下安化女人了，不管安化女人是不是真的被搞得腰酸背痛，她相信她男人时不时会摸到她那边去。事情到了这一步，婆婆就不管了，她反正只要孙子，媳妇随便是哪个都行，她不站边，晓得她们自己会解决。秋莲不恨她，甚至想过，在她婆婆的位置，她也会想办法搞出后代，要是绝了代，祖坟都没有人扫，那是不行的。

　　要声明一下，秋莲的事是听来的，不是我编的，我也不敢保证百分之百真实。马小驴比秋莲小十岁，见过世面，讲话做事都很老成，对秋莲有点那个意思，秋莲晓得，都没有讲破。到益阳以后，秋莲暂住马小驴租的屋里，出来只带了几十块钱，过了半个月，还没找到工作。马小驴安慰她，主动借了五百块钱给她用，秋莲感动得要死，夜里就和马小驴发生了关系，搞着搞着习惯了。马小驴的朋友答应给秋莲的工作，都泡了汤，要么是朋友出事，要么是刚刚招到了工。秋莲花掉五百块钱时，马小驴再借钱给她，她就表示不管什么事她都做，只要能挣到钱。马小驴讲，他的钱等她有了再还，钱也不难挣，有的人一晚上就能挣两百，"只有这个事轻松，但不是谁都愿意做。"

　　"什么事？"秋莲问。

　　"夜里站在街边，等男的找你。"

　　"找我做什么？"

　　"男的要你做什么，你就做什么。"

　　听说秋莲信了马小驴的，脸上涂了点粉，站在街边。那天夜里她挣了一百五。过了三个月，马小驴要她不做了，她还收不了手，又做了一段，还了马小驴的钱，银行里存了两万定期，才改做别的。这也暗合了凤嫂讲秋莲站过街的历史，讲得有板有眼，什么河堤边、树林里，只要稍微有点遮挡的地方，就可以做，不晓得真的假的。

别人怎么讲，秋莲无所谓，顶多翻个白眼，说别人"吃饱了撑的"。

没过多久，矮婆婆又来找秋莲，这一回讲得哭，秋莲也跟着哭。矮婆婆突然膝头一弯，要向秋莲下跪，吓得秋莲赶紧扶住她。矮婆婆走后，秋莲还在铺子里哭，哭得没声音，眼泪不断，抹了又抹，样子很可怜。我正好到店里来帮一个老乡找事，不晓得发生了什么情况，没作声，陪秋莲坐了一阵。她脸上的雀斑很明显，像要飞出来似的。等她哭得差不多，我再劝她，有什么莫放心里去，过一阵就好了，人活在世上总有些不如意。但我讲的话不对症，就像医生开错药，病人吃了起反作用。秋莲哭得更厉害，喉咙里关了老鼠一样，吱吱地叫。

"你不晓得，真的不讲天良哩，这么多年没联系了，断都断了，没有关系了，这个时候来找我要钱，这个时候对我说，我是她家的媳妇。这个时候来找我要钱，我哪里有多少钱呢。你讲我给不给，碰到这种事，气不气？"

"她七八十岁了，这么远来开口找你要钱，一定是逼得没有办法……她要钱做什么呢？"

"我不是为她来要钱哭，也不是气她让安化女人生孙子……我是听说他住院，得的不好的病，只怕得活不得蛮久了……你讲讲，这不就是来给死讯的吗？我怎么受得了。没在一起就没在一起，人都还在世，突然之间想到他要死了，我这心里还是割肉一样疼……"

"他是哪一个？"

"我……男人哩……还会是谁，还会有谁喽？"

"这么多年都没听你讲过你有男人，他也没来看过你，关心过你，不值得你这伤心。各人有自己的命哩，你还是要保重自己，身体搞好，日子过好。"

"他来找过我几回，我要他出来在街上跟我一起做事，一起住。他说家里有老的小的，他出来不得。我气他是舍不得那个安化女人。"

"这么多年你们都没谈过离婚吗？你看你把自己拖成了老太婆。为什么不早些离婚，再找一个合适的？"

"我没有生育，哪个会要我喽？"

"你都不试，不找，怎么晓得自己没人要呢？要是跟别人你就有生育了呢？"

"我出来的时候，跟了一个比我年轻的，关系蛮好。过了两年，他把别人的肚子搞大了，结了婚，我就再没这种想法了。"

"你到医院检查过吗，为什么怀不上？"

"怀不上，检查有什么用。"

"有的妇科病也怀不上哩，小毛病引发大麻烦。"

"不想了，再过几年就闭经了。"

"你男人在哪个医院，我跟你去看看。"

"我先去银行取两万块钱。"

秋莲关了店铺。她去银行取钱，我在街边买水果。我们叫了一辆摩托车，一会儿就到了人民医院。病房里三张床，床跟床中间隔着布帘。秋莲男人躺在里面靠窗的床位，钩子上挂着好几瓶水，一滴一滴往血管里流。

一个比秋莲年轻的女人坐在旁边。女的只喊了一声"秋莲姐"，就不作声了，眼泪直垮。

秋莲也眼泪直垮。

男的睁开眼睛，瞟秋莲一眼，又眯上，挥了挥手，要她走。

秋莲看了他一阵，什么话都没讲。

那女的送我们出来。在走廊上，秋莲把钱交给她，问："他得的什么病，能治好不？"

"肝上长坨，晚期了。"

秋莲又眼泪直垮。

"我要回乡里看看，他娘一个人吃不消，你明天来帮忙照顾几天，要得不？"

秋莲点了点头。

第二天，习惯到秋莲店里玩耍的女人们发现铺门关得紧绷的，上面贴了一张白纸条子：

通　知

因家里有重要的事情处理　暂休

保姆们不晓得秋莲为什么关门，问来问去，都没有问出原因来。后来听说她在医院里照顾她男人，都说秋莲的男人是石头缝里蹦出来的，"这个秋莲，原来是有男人的啊。"

我没讲秋莲的事。在医院看见她男人，还有那个女的，我有点奇怪，一直以为有钱人才会找几个女人，找小老婆都是要瞒着大老婆的。秋莲的男人没有钱，一个种田的，也有两个老婆，还不吵不闹，像姊妹一样。

秋莲的店门一关，就关了个把月，再开门时，她已经成了寡妇。

苏小妹又请保姆们去耍，准备了红酒、烧烤。跟上回不同的是，还有一个姓唐的，不到三十岁，叫唐小琬，也爱笑。保姆们很放肆，一会儿就混熟了，喊她小碗，吃饭的小碗。

小碗讲夹生的普通话。她说，莫把她当城里人，她也是乡里上来的，高中毕业没考上大学，到街上做工，当过服务员、销售员、超市收银员，后来攒了几块钱，自己开了一个小店，专门卖槟榔，也卖烟卖酒。

更年期的女人们，个个都后悔，没早些去学一门技术，尤其是学电脑，这年头不晓得用电脑，找不到轻松的工作。爱嫂说，学了电脑，坐在办公室里打字、上网、吹空调，很舒服。凤嫂说没这么简单，坐办公室要脑壳里头有货。

大家边烤，边吃，边聊，竹签成堆。

"做呆工，挣一分钱只一分钱，"苏小妹说，"我也是别人提醒的。"

"你也做过保姆，到底是做什么挣的钱呢？讲点经验，我们学习学习。"爱嫂说。

"对啊，小妹，讲来听听，看我们还有造化吗。"邓嫂说，"我家床底下的两坨金子，也只是死的，金子不生金子，就没什么用。"

"金子没什么用？那你拿出来，我们一人敲一块。"凤嫂说。

保姆们嚼着吃着，气氛欢乐。

小碗笑看保姆们，像面对一群幼儿园的小朋友。

苏小妹抿一口酒，吃一口牛肉，等到所有人安静下来，才开始讲话。

"其实也没什么，我运气好。"苏小妹很低调，好像被逼得旮旯里，不得不讲，"幸亏唐经理，她有个亲戚在益阳经贸局当官，门路蛮广。没有唐经理，就没有我苏小妹的今天，我要先敬唐经理一杯。"

"哎呀，我们之间不要这么客气。"小碗跟苏小妹碰杯，红酒杯子碰得响，声音又尖又细，"我也要感谢你哩，你做得好，我跟着好。没有你，也没有我今天这个样子。"

所有人听了一头雾水。

"这样讲，可能好懂一点，"苏小妹说，"唐经理是我的上线，我是她的下线，我自己也有几十个下线，我的每个下线也有下线，下线越多，越努力，挣的钱就越多。"

"具体是做什么呢？"凤嫂问。

"简单哩，就是卖红酒。"苏小妹举了举杯子，她有时讲益阳普通话，"现在的人生活讲究了，都爱用红酒。办喜事啊，做生日啊，请客吃饭啊，平时没事也吃得耍。我是每天夜里都要喝半杯，喝了睡得喷香的。益阳兴喝红酒，我看也是唐经理的功劳。唐经理的下线，到处是的，沅江、南县、安化、兰溪、沙头，县里镇里乡里，都喝这个红酒。讲起来都晓得姓唐的，就是我们的上线唐小琬，她帮了好多人，我就是其中的一个。我现在有的这一些，都要感谢唐经理。"

"到底是怎么做的呢？"邓嫂也急了。

"莫插嘴喽，注意听。"秋莲说。

"没事没事，有问题只管问。"苏小妹笑眯眯的，"具体怎么做是吧？我打一个最简单的比方，比如我是上线，我一个人，卖掉一瓶红酒，只挣得十块钱，但是如果我有十个下线，还有下线的下线，她们所有人卖掉的红酒，每卖掉一瓶酒，都跟我有关系，我都要参与收入分成。也就是说，发展的下线越多，挣得就越多、越轻松，跟当老板一样。只要发展下线，别的都不用操心。"

"怎么找下线呢？我们在城里熟人少，认识的又不讲究喝红酒，红酒瓶子都没摸过哩。"

"我是先找家里的亲戚，也不是很顺利，主要是因为他们的观念不行，你得慢慢跟他们讲。一回讲不通，讲两回，两回不行讲三回，讲通了，就容易了。我发展七八个，亲戚又发展他们的亲戚，我说了我这个人运气好，开个好头，后来也越来越有信心，相信自己做得好，相信自己会改变生活，改变命运。有这种自信，霸得蛮，吃得苦，没有理由失败。"

"你做了几年，才做得到这个程度的？"凤嫂问。

"有两三年了哩。去年走上正轨，今年稳稳当当的。当然喽，也吃了苦，憋了气。出来做事，做什么不憋气呢，你们当保姆不憋气吗？"

"憋气呢，有时气得要死，想回乡里去种田算了。但不做没钱来啊，没办法，只好忍。"爱嫂说。

"那卖红酒好些，不会憋这种气，"苏小妹手直摆，"自己就是老板，发展的下线多，跷起二郎腿耍就是了。这个工作是靠嘴巴吃饭，话说得好，意思讲清了，剩下的就靠运气了。我看你们嘴巴都很灵泛，做得这个事。唐经理，你看呢？"苏小妹开会一样，把话丢给小碗，要她讲几句。

"当然。我觉得，每个人都有这个能力，前提是你要相信自己，相信你正在做的这件事，是值得你付出努力的，努力也会有回报的。"小碗说道，"我见过不认真做事的，就想着天上掉钞票，自己懒得努力，这就是典型的做白日梦。人要做梦，只有一边做梦，一边努力，梦想才会实现。我今天把话摆在这里，你们只要霸得蛮，到时候在街上买屋，回乡里砌屋，都没有问题。"

我正仔细听着，老李电话来了，我跑到厕所，关上门接的。老李不是查我的岗，他说刚把女儿送到医院，急性阑尾炎，要马上开刀，我赶紧丢下这边去医院。后来凤嫂告诉我，她们在苏小妹家玩到凌晨，小碗会讲话，讲得她们服服帖帖，都觉得她了不起。有几个人正式入了会，买红酒，交会员费，发展下线，发动亲戚朋友。凤嫂的钱都在卜菊仙那里买了社保，没有钱入会，她说她担心红酒卖不出去，只能留着自己喝。她转告苏小妹的话，那边给我留了两箱红酒，如果想入会，就尽快去办手续，不然就给别人了，下一批红酒进来，还要等一阵时间。我告诉凤嫂，这个事我当不了家，钱都抓在老李手里，他是个死脑筋，不会同意我搞这些事。

等女儿手术出院，我跟老李讲起保姆买红酒的事，他第一反应问我买了没有。我说没买，他才放了心。他讲："现在晓得了吧，她们喊你们去耍，就是慢慢洗脑，让你们相信挣钱容易，脑壳里钞票起飞，袋子里的票子也起飞，按都按不住。"

我的看法没这么绝对，留了一点余地。要是她们真的卖红酒发财了呢？苏小妹的样板摆在那里，难道她的房子是假的，她的生活是假的，她整个人都是假的吗？还有小碗，一看就是有钱的人，穿得好，讲话也不像我们这些做保姆的粗鲁，我们经常一身汗臭气，小碗身上喷香的。秋莲讲她用的都是法国香水，带水果味的。我想，怪不得这么好闻，女的闻了都想吃几口，男的闻了岂不想得更多。

我问秋莲："你有个这么会挣钱的表妹，为什么不加入，跟她一起挣钱呢？"

秋莲讲："各有各的生活方式。我就是爱经营介绍所，一边工作一边耍。苏小妹的工作，是在外面跑出来的，厚起脸皮，磨破嘴皮，小腿肚子跑得绷紧的，我吃不得这个苦。"

十
一

　　凤嫂开始当媒婆。有对男女相中没多久，打算结婚。按风
俗规矩，介绍人会得到一双皮鞋，加一千块钱红包。都没想到
这一对能成功，凤嫂喜得要死。男的姓孙，凤嫂娘家种田的农民，
六十岁了，前年死了老婆，崽女都各自成了家。女的是城里的，
刚刚退休，在秋莲小本子上待了三个月，有退休工资。凤嫂同
时给孙老头介绍两个，两个他都相中了，但选了有退休工资的。
他认为她要是有什么病痛，看得起病，他没负担。不晓得城里
女人看中孙老头什么地方，搬到乡下来跟孙老头同居。孙老头
搞了个城里女人，到处炫耀，带着她到处转耍，没多久就跟村
里人搞熟了。

　　"现在的老家伙搞对象也不怕丑了，"凤嫂讲，"什么同居啊，
轧马路啊，手牵手啊，跟原配都没做过的事，老了还能跟别的
人补上。时代真的不同了哩，第二春喊来就来。"

凤嫂对我说，社保交了钱，一直没回音，不晓得什么情况，她心里紧张，只好做点别的事分散心情，不然，脑壳里总是那五坨钞票，想起卜菊仙的白纸条，想起卜菊仙拎着 LV 包包的背影。

凤嫂催问秋莲有什么进展，秋莲不晓得。别的保姆也只认秋莲，今天你来问，明天她来问。秋莲不急不躁，当着保姆的面打电话给卜菊仙，问社保办到了哪一步。卜菊仙的电话有时没人接，有时关机，有时出了国，总之找她有点困难。接通了电话她还不耐烦，会发脾气："买社保不是菜市场买菜，你们不要老是催，现在正在走流程。政府系统的事，没有这么快，要好多部门领导签字的。"

秋莲也安慰她们："莫急，政府的工作慢是慢，但是不会跑掉的。"

几个保姆平时没有往来，买社保之后，加了一个微信群，有话在群里头讲，分享信息。卜菊仙不是在天上飞，就是在澳门耍，在益阳的日子少。她们担心社保办不好，钱也拿不回，只要心里慌得厉害，就往秋莲铺子里去，也不提社保的事，就在那里坐着，看着秋莲。

那五坨进了别人袋子的钞票，搞得凤嫂很焦躁，她想把钱要回来，抱着睡个好觉，又怕别人的都办好了，自己踏空，心里的想法像乒乓球一样，被拍到这头，再拍到那头。

除了做介绍，凤嫂还做另一件事：挖毛小花男人的底。

有些事，是我给毛小花当保姆时晓得的，我先提到头前来讲。

毛小花跟男朋友准备结婚时，有道选择题摆在眼前，她选择了救毛小树。她讲她没想多久，考虑一个钟头和考虑三天，结果是一样的，甚至想都不用想，必须救毛小树。她说这不是一道选择题，而是一道指令，先救人，剩下的不是人命关天的问题。后来她也讲，人命关天的问题处理起来简单，真正复杂难搞的，是感情。跟男朋友分手，比她想象中的困难一万倍，就像用刀把她跟他切开。刀把他们切开了。她没有讲流血、伤口、治疗这方面的话。

我没经历过要死要活的感情，听了也觉得疼。小花生头胎，又生了二胎，男朋友还没找对象。生活越来越复杂，墙越来越厚，他们两个人之间越来越不可能。

有人讲，小花给钱老板生完第一个孩子之后，为什么不离开他，回到男朋友身边呢？明明晓得男朋友还在等她。小花跟我讲，这个问题，她一开始就想过，救了毛小树，给钱老板生个崽，满足他的条件，就离开他。这个馊主意可能是小花娘出的，小花不可能想这么多。男朋友晓得她为了救哥哥，牺牲自己，理解她这么做，甚至更爱她，只怪钱老板这个老色鬼，不肯轻易放手。

小花跟钱老板生二胎，比小花退婚更伤人心。男朋友晓得她为什么不能嫁给他，不晓得她为什么生二胎。小花没有跟他讲，后来没再跟他见面，再后来联系更少。钱老板不许她见他，不许她跟任何男的单独见面。小花原来的性格，不是这种受管制的，她爱做什么就做什么，她为什么吃钱老板这一套呢？

以小花的话来讲，她自己都没有想到，她会爱上钱老板，而且快得吓人，让她怀疑自己和男朋友之间不是爱情。本来只是一场交易，按照约定的条件，小花做了钱老板的女人，第一次跟他睡，就高潮了，事情的性质就变了。高潮多了之后，她就飞上天了。她发现身体里有另一个小花，这个小花，和跟男朋友在一起的小花不同，这个更快乐、更真实。

跟男朋友结婚的想法淡了，回他身边的想法也淡了，后来连他的样子都淡了。她的心里、身体里、脑袋里都是钱老板，坐过山车一样。她也跟钱老板吵架，因为找不到他，或者他老是在外面，出差很久，但只要他回来，把她放在床上，关了门搞一阵，就什么都好了。

有一回，钱老板出差二十天回来，大白天两个人关了房门搞，保姆带小孩到楼下耍，耍了很久，他们还没出来。这样一来，毛小花怎么会记得男朋友呢。钱老板也是读过大学的知识人，不是两腿泥巴都没有洗干净的暴发户。凭良心讲，毛小花有福气。别人嘴里讲，男的四十几岁太老了，心里不晓得多羡慕。他长得不错，钱也有，小花跟了他一天班没上过，一天苦没吃过，还拿钱回娘家建房子，搞装修，收拾好了给毛小树讨老婆，养一大家子。

讲得这里，我要掰出一根树丫出来，说一说毛小树。

毛小树晓得小花为救自己，婚没结成，被一个老家伙包了，不晓得是当二奶还是三奶，心里很不舒服。闷不响响，不出门，也不到镇里去，觉得自己害了妹妹，又怪父母不该同意这种事情。他像赎罪一样，在家里霸蛮做事。有些苦力，他原来说是"牲口做的"，后来也是二话不说，埋头苦干。都讲毛小树这回改正了，是个好人，不会再干坏事了。毛三斤和李脆红喜得年轻好几岁，每天办酒席似的，有荤有素，想吃什么就吃什么，反正小花手里有钱。

小花带钱老板回乡，毛小树第一回看见钱老板，没想到他不是那种肥丑的老家伙，眼睛鼻子长得蛮好，穿得很精神，像个读书人，配得上小花。对小花也好，一吃饭就给她夹菜，见她嘴角上有粒米饭，就伸手帮她捏掉。他们是开车回来的，识货的都晓得这是宝马。

毛小树心里就活泛起来，觉得妹夫不错，有钱有本事，比原来的男朋友强，小花的命好，横竖都顺畅，左右都如意，他忽然得到了解放：

"什么叫因祸得福，这就是的。我有什么错呢，说起来，我还是有功劳的。"

好久没笑过的毛小树，跑到树林里笑了很久，声音很大，吓得鸟都飞了。

小花和钱老板一走，毛小树就待不住了。父母听见他在房里打电话，发微信，联系他街上的那些朋友。第二天，李脆红喊他起来吃饭，才发现被窝里没人，不晓得什么时候走的。

毛小树回到老路上去了。地位高了，名气比原来大了，脾气也长了。都晓得他后台硬，搞死了人都捞得出来。后来都晓得他有个厉害的妹夫，神通广大，周围的人有的怕他，有的巴结他，毛小树得意得要死。经常有请他吃饭喝酒的。吃饭喝酒没什么，毛小树最爱的还是吸毒。乡下待几个月，毒瘾上来，嘴里干得要死，肚子里火一样烧。好在有个小兄弟悄悄送过几回货。

毛小树又去镇上混，毛三斤和李脆红在家里气得蹬脚，骂他狗改不了吃屎，烂泥子糊不上墙。

李脆红说："这个婊子崽，下回是死是活，我都不管了。"

这句话讲了只有几个月，毛小树就出事了。

当时小花正在住院，八个月早产，婴儿还放在保温箱里。

我这里不是一手消息，具体情况讲不清，都是你传他，他传你，一路传过来的。有的讲毛小树不单吸毒，还用针头注射，每回都有女孩陪着吸毒，陪着睡。有的讲他毒吸多了，爆了心脏，有的讲他是舒服死的，反正送医院抢救的路上，就断了气。小花产后情况不稳定，早产有点危险，生完孩子第三天情况平稳，才晓得毛小树的死讯。她没回乡里。钱老板替她去见了毛小树最后一面，回来讲，毛小树的脸、嘴皮子都乌青的。

毛小树的死不是我编的，他的坟地在村口的稻田里，现在都没长草，不相信都可以到乡里看。毛小树的故事本来可以不讲，但我觉得讲毛小花，必须讲毛小树，他们是一出戏里的。我一直不晓得小地方也有吸毒的，只在电视剧里看到过，不晓得益阳这地方，好事跟不上形势，坏事一点都不落后。

有人讲，毒鬼子一眼就看得出，这种染一把黄头发，文身，衣服到处是洞，走路不正经，眼睛没有神，脸上黄皮寡瘦的，都是毒鬼子。顺了毛小树的线索，公安局撬出一个大毒窝，新闻都播了，缴了好多毒品，抓了好多人，都是些年轻人。新闻里头没说毛小树的名字，播音员管他叫"死者"。

毛三斤两公婆的头眼看着就白了。李脆红就是这段时间离开的，家里待不了，天天哭也哭不回毛小树，身上带点钱就到城里去了。听说她最开始去得蛮远的，到了深圳，可能不晓得外面要花这多钱，没多久又回来拿钱，拿了钱没再去深圳，那里吃碗面都要几十块钱，楼顶高到云里头，到处干干净净，雪亮的，她站在街上，像一堆垃圾。没有人晓得她睡在不花钱的地方，公园里，马路上，好在那边天气热，要是在东北，早冻死了。

李脆红留在益阳，既不到小花家里去，也不跟认得的老乡联系。她失踪了一段时间。都以为李脆红疯掉了，过了两个月，她出现在小花家中，笑眯眯地抱外孙。外婆带外孙本来最合适不过，但李脆红跟小花处不来。母女俩生活习惯相差太远，李脆红不听小花的，坚持乡下那一套，两个人老是吵架。钱老板跟岳母娘也合不来，李脆红就是不喜欢钱老板，看见他就拉下脸。钱老板不高兴，就把她当保姆，隔一阵就要算经济账，别的开销也一概登记。钱老板把钱控制了。

后来乡里人发现，李脆红有点不正常了，受毛小树的死的刺激，精神出了问题，离了婚还回来跟毛三斤睡，离了婚还带男的回来摘辣椒，离了婚还跟马姓女人争位子，离了婚不把自己当离婚的搞。有时从街上回来，给左邻右舍发钱，有的人收了不作声，有的不要，告诉毛三斤。

"她吵死一样，要离婚，不晓得离婚为什么。反正崽也没有了，女也嫁了，我跟她没有关系了。"毛三斤讲这种话的时候，马姓女人还住在家里。

乡里人看热闹，只想看毛三斤的两个女人相骂，结果她们不吵了，屋里安安静静的，不晓得夜里是哪个跟毛三斤睡。有的讲一个女人轮一夜，有的讲三个人睡一起。乡里人吃了饭没事，什么都想得出来。这样过了大半年，马姓女人走了，听说没有离成婚，男的死活不同意，也有人讲是李脆红逼走的。

毛小花给钱砌的大屋，两层楼，八间房。有人讲这个屋没砌正，方位斜了，屋前头有一棵树，还有坟山，打开门就看得见，风水不好。现在讲这些都没用，没出事样样都好，出了事到处都有问题。毛三斤说，怪不得这么多，都是人自己作的。毛小树自己吸毒，没有哪个逼他吃，吸毒就是一条死路，他自己走条死路，不能怪屋没有砌好。

毛三斤闷了一肚子气。小时候吃没人养的苦，大了吃没钱的苦，老了吃死崽的苦，他这种一路苦过来的人，没什么打击受不住，不像李脆红，一下就神经了，好像不晓得自己离了婚，有时买点东西回来收拾房间，到园里挖土，不管是不是播种的时候，菜籽撒得到处都是。本来还有人跟毛三斤介绍女人，看了李脆红这个情况，晓得不合适，就没人再多事了。

毛小花极少回来，偶尔回来，司机开了宝马，保姆带着小孩，她自己穿得很洋气，高跟鞋咔咔响，看见熟人装近视，等别人喊"小花，你回来了呀"，她才有反应，反应也很假，只把两个大眼睛挤窄，让别人觉得她在笑。这些小时候抱过小花的人，都觉得她变了，当阔太太当得忘了本，看不起乡里人了。

好多事都想不到，人一世走到什么地方拐弯，没有哪个算命先生讲得准。看见毛小花，人们就要讲起毛小树，讲起他的遗像，那张初中毕业照让人心里疼，好多女人跟着哭。有人说，晓得是这样的结果，不如让毛小树判刑坐牢，在牢里戒毒，不管坐多久的牢，人总是还活在世上的。人们的意思是，不晓得毛小花是救了毛小树，还是害了毛小树，真的讲不清楚。如果小花不是这么漂亮，钱老板就不会要人不要钱，他要钱，毛三斤拿不出，毛小树就只有坐牢，或被枪毙。当然，这样讲对小花不公平。

　　凤嫂搞八卦新闻很有一手，没多久，就摸清了钱老板的底细。他的父亲原来是桃江县县长，娘是妇幼医院院长，都退了休。钱老板在桃江山里头给他们砌了一栋别墅养老。他学的建筑设计。第一桶金是在桃江挖的，那时他父亲还没退休，有权力，钱老板跟别人合伙搞了一个地产项目，他父亲在背后都安排好了，没费什么劲。凤嫂没讲这是小花告诉她的，显得她有本事；小花没讲的这些事，凤嫂确实也搞到一些情报，有的连小花自己都不晓得。

　　凤嫂讲，小花的崽都晓得走路了，还没跟钱老板扯结婚证，崽的户口都没上，估计她至少是三奶。钱老板前面还有两个，跟原配没离婚，又找了一个，生了崽。钱老板是个生崽狂人，看见漂亮姑娘，就要别人跟他生崽，他横竖有钱，把自己当皇帝搞。他在外面做什么，小花完全不知情，他却把小花控制得死死的。小花想读研究生，他不准她读，他讲读了博士出来的，也没小花这么享福；小花想到北京去要，他说有空就带她去，但他一直没空；小花要参加大学同学聚会，他不同意，他讲她的责任是带好小孩，别的都放一边。

　　"小花不自由，我都看不下去，跟链子锁在屋里没什么区别。我有时跟小花聊天，我说小花呀，你这么漂亮，又读了大学，为什么要怕钱老板呢？他管你管得太死了，我一个做保姆的，都要有朋友一起耍，没事都要跑到秋莲铺子里去瞎聊天，没朋友会憋出病来的。我不晓得小花怎么想的。她跟他在电话里吵，但只要钱老板回来，关了房门搞她，就没事了。接下来就在网上找代购，刷卡。我估计钱老板又往她卡里打了钱，通常不止一万两万。

"有回小花给我讲，她生日这天，钱老板给她打了八万，还买了一块名表。你想想，搞也搞舒服了，银行卡里的数字泼了化肥一样，长得风快的，还有什么好想的哩？如果我碰到这种情况，只怕跟小花是一样的。世上只有钱爱死人。我们天天做死做活，不就是为了挣几块钱嘛。

"小花也是爱抽风，心情一阵好，一阵歹。钱老板不回来，小花两个眼睛都望穿了，看了作孽。这时候银行卡里的钱不起作用了，该伤心的还是要伤心，该哭的还是要哭。小花憋不住了会跟我讲点真心话。她没朋友，同学结婚都没有参加，自然断了关系。跟了钱老板以后，她在社会上的根，被他切干净了，没有一个可以谈心的。跟李脆红讲不得，她脑壳里头经常搭错线，跟毛三斤也讲不得，他认为小花现在的生活是八辈子修来的福。

"儿子刚刚晓得走路的时候，小花出去找过工作。我估计她想看看自己能挣多少钱，离开钱老板能不能活下去。她要我不要告诉钱老板。我自然不会多事，我是站在小花这边的。小花应聘到一个蛮大的公司，上了两天班就搞不下去了。她说累死人，上下班打卡，一个月七八千，没什么用。她连辞职信都没有写，只打了一个电话，说自己不干了。没多久，小花就又怀上了，钱老板计划要小花生三个，这是第二胎。她再也没有出去找过工作，一心一意养胎生崽。

"小花呕足三个月，苦胆水都呕出来了，吃又吃不下什么。头三个月掉肉，掉得人焦干的，那个样子，也作孽。我说小花啊，怀孕这么吃亏，生了这个算了，再莫生了，好好带大两个孩子。小花怀孕后反应慢，智商低，有时像傻子一样。她闻不得油烟气，闻不得牛奶味，只想吃坛子里的酸辣椒。我想办法搞点清淡的，逼她吃。我说你不努力吃，胎儿没有营养，长不好的。

"小花夜里睡觉都想呕。有一回半夜呕得厉害，坐在客厅里动不得。她说'我死了算了'，吓得我要死。我说小花啊，再坚持几天，三个月一满，你就会穷吃饿吃的。小花说怀第一个没这么辛苦，晓得有这样磨人，打死她都不会要了。她心里憋得要命，只想拿刀在胸口戳个洞来透透气。她真的找到一把水果刀，寒光闪闪的，吓得我抢了放到厨房里。小花没力气跟我争。她说，'凤嫂，你帮帮忙，给我身上随便哪个地方戳个洞吧，放点血，行不行，我会憋死哩，我真的会憋死。'她说得眼泪直垮。我听了觉得她好作孽，只好哄她去睡觉，睡着了就没事了。她讲得憋得要死，睡不着。我只好陪她坐着，问她想吃什么。我报出一百样东西，她都摇头，最后愿意吃点清水煮土豆片。等我煮好了，她就不想吃了，自己把手臂掐得一丝一丝血印。

"我到处问人，小花这种情况有什么办法，搞了十几个方子，什么鲫鱼子糯米粥、甘蔗生姜汁、生姜陈皮茶、姜柚止呕汤，还有生姜磨成粉，调成糊糊，敷肚脐子上面，没一样有用的。钱老板总是不在，只晓得要我想办法，我也是尽力了。我讲了句不该讲的，我说钱老板，如果你回来陪小花住几天，情况可能会好一点。钱老板以为这是小花要我讲的，反倒生小花的气，说她让他工作都不安心，他在外面挣钱，为的就是她跟孩子们好吃好住，有好生活、好教育，如果她连这些都不晓得的话，就太不懂事了。

"钱老板对小花不像原来耐得烦，一句话没说好，脾气就来了，不晓得什么情况。有人讲，十有八九，钱老板又有别的人了。我说小花这么漂亮的姑娘难得遇到，整个益阳都找不出第二个，外边也未必有比小花漂亮的。别人就笑我不晓得男人的习性，他们要的就是新鲜。

"满三个月以后，小花还是有反应，还是呕，不爱吃饭，但没之前严重，霸蛮还是吃得一点，也不要我拿刀在她身上戳洞了。怀孕七个月时有了胃口，一下子吃胖了，一身肉，像个过年的猪，性格也变了。不爱讲话，笑容少，对孩子也没什么耐心。陪一会儿就喊我带他到外面去。她自己打游戏，上了瘾。小花怀孕四五个月时，发现打游戏比偏方有用，只有打游戏，才会忘记呕，忘记自己怀了孕。生产前两个月，她像猪一样，吃饱饭耍游戏，耍饿了吃饭，也不再追问钱老板在什么地方，和谁在一起。

"九月叶子泛黄时，小花生了一个女儿，跟小花一模一样，雪白的，眼睛很大，眼睫毛很长，漂亮得要死。小花生完第二天，钱老板才赶回来。小花想给女儿起名'宇宙'，希望她将来跑遍全世界。钱老板讲这是个男孩名字，他觉得小区里的紫薇好看，要取名'紫薇'。

"小花不喜欢。她说花啊树啊，栽在什么地方，就在哪儿活，在哪儿死，没有意思。这种话我听了都不吉利，不晓得她怎么说得出口。钱老板半天没作声，看我一眼，好像是我在背后教唆小花，搞得我冷汗直流。

"他们在取名这件事上，都没退步。小花第一回犟着要按她的来。钱老板不同意，于是一个喊'紫薇'，一个喊'宇宙'，我夹得中间不晓得怎么办。后来我也是灵机一动，叫'宝宝'总错不了。

"钱老板觉得小花不对劲，首先是怀疑她在外边有人了。他问我，小花平时出门多不多，有什么人找她。我说我是一个保姆，只认得做事，东家到哪里去，见什么人，我不晓得这么多。

"小花跟前男友见过面，这件事我不会讲给钱老板听。这天小花是下午出去的，半夜才回，脸上红红的，不晓得是不是喝了酒。她主动跟我讲，她见了前男友，跟他睡了一觉。小花没讲别的，我以为她会跟钱老板分开，但后来她再没讲起前男友。年轻人的事，我搞不懂。小花过得不快乐。一个人睡的日子多，守活寡一样。二十几岁的姑娘，又漂亮又有文化，不晓得什么东西把她困在大屋里动不得。她跟钱老板之间，肯定还有我不晓得的秘密，没多久我就发现了，或者说不是我发现了，是小花发现了，她告诉我的。

"我先不讲这个天大的秘密。我要讲钱老板这个人，你不晓得，他也有蛮蠢，要我监视小花，天天向他汇报情况。他先给了我一笔现金，相当于我两个月的工资，我把钱交给小花，我说我做不下去了，我要辞工，我不想搞这些无聊的事。小花把钱还给我，她要我拿着，尽管向钱老板汇报，反正她没有什么秘密。她留我再做半年，等女儿晓得走路了再说。小花差不多是求我留下来的。我答应她再做半年，也定期向钱老板汇报小花的情况。但我从来不会讲那些讲不得的，我肯定站在小花这边。我就是要包庇她，我也不晓得，我是不是帮了小花的忙。

"两公婆的事，旁边人真的看不清。有天钱老板回来了，住了一个星期。小花天天红光满面，也不叫宝宝'宇宙'了，跟了钱老板喊'紫薇'。小花告诉我，她要跟钱老板去扯结婚证。我听了脑子里乱转，都忘记恭喜她。小花生了两个都没扯结婚证，原来真的是个小老婆，现在偏房要扶正了，小花挨到头了。我好久没见她笑，她笑起来很好看。她要我不煮他们的饭，他们两个人要去饭店吃浪漫的。"

凤嫂一直在讲，水都没有喝一口。我想插两句，问点什么，但她的话太密，密得没有缝，嗖嗖地往外射，我中一身的箭，像个刺猬。

"第二天早晨，小花和钱老板吃了我做的米汤和化粑粑，收拾得漂漂亮亮，去登记结婚。小花化妆，画了眉，脸上扑了粉，嘴巴涂了口红，头发盘个坨，戴了两粒珍珠耳钉，手里拿一个 LV 小包。那个花色的包我们很多保姆都有，小花的要一万多，我们的只要三四十。要我看没有什么区别。小花眯眼用手就摸得出包包的真假。她柜子里有好多贵得要死的包，都没怎么用过，她不出门，没机会用。不同的包配不同的衣服，年底都要拿出去保养，保养后放进柜子里，还是没怎么用。

"我扯远了。还是说他们结婚的事吧。钱老板穿西装打领带，皮鞋子擦得雪亮的，头天剪了头发，像后生崽一样精神。他们那天很晚才回来，我带两个宝宝睡了，没听到他们作声。小花过来看宝宝，没有讲话。我问她肚子饿不饿，她摇摇头离开了房间。第二天也没讲起登记的事，没有拿出结婚证来给我看，反正不像登记结婚了的样子。不晓得碰到了什么问题。我没问。钱老板拎着箱子又走了，这一回走了个把月，小花都没有催他回。

"小花的娘来看宝宝，不晓得为什么，母女俩又相骂。小花娘也不管我在旁边，一通大道理讲得头头是道，精神特别清醒。

"她说，'我当时就反对你跟他，外边都以为你是为了救你哥哥，哪个晓得，你是为了自己。你爱他有钱，他结多少回婚都没关系，生了多少孩子都没关系。你只看你过的什么日子，啊？坐牢一样。他带你回桃江去过吗？没有吧。带你到他家的祖坟上去过吗？也没有吧。你没有名分，还跟他生一个又一个。

他说要跟你结婚，结个鬼，超生了这么多个，要罚多少钱，他舍得罚？他到底有几张身份证？有几个名字？有几个老婆？查得出的。查出来，让他坐牢。'

"'你讲这几年你得了什么利？他给了你多少钱？这套屋都是贷的款，都不一次性付清，他就是这样拖住你，让你跑不动。你还只有二十几岁，再拖几年，让你跑，都没有人要你了。到时他又找一个小姑娘，又生崽，你这边只怕来都不会来了。我买菜他都要算账，摆明了当我是外人，我从来没眼红过他的钱。'

"'我原来想了，他顶多离过一次婚，有一个法律上的老婆，两三个崽女，反正会想办法跟你结婚。哪里晓得，我的天哪，头前离了三回，三个老婆，七个要养的崽女，还有两个小老婆，五个没有上户口的小孩，再加你，你这里还有两个没户口的，他这样搞，到底有多少家产，有多少钱？小花，你这样下去要不得，找他要一笔崽女的抚养费，分开算了。不要多了，一千万，一千万你就自由了。只是我晓得，这个铁公鸡是舍不得拿一千万的，一百万他都舍不得。一套屋值多少钱，他都不想一次付清。'

"'啊呀，我会气死，活活被气死。'

"'小花，你哥哥走了，我只有你了，我不想你这样过日子。你讲啊，他是不是个畜生，他去年结婚了，不是跟你结，跟一个比你还小的结，也生了崽。你在他心里没有位置。小花，他在你之前的事，我都忍得，但跟你生崽，同时又跟别人生崽，跟别人结婚，他这样搞，是欺负人，不把你当人。'

"'小花，他对你真好还是假好，你未必还看不清楚？你读这么多书，都读到牛屁眼里去了吗？他假模假式跟你去登记，故意让罚款的原因结不成婚，他以为我们这些乡里人，真的好骗，以为我街上没有一两个有文化的亲戚朋友。他以为能骗你一世。小花，你就要一千万，不要多了，他要是不给，告他重婚，让他去坐牢。'

"'妈妈，你莫讲了，我都晓得。他坐牢，对我们没什么好处，对崽女也没什么好处。到时我没有钱，孩子没有爸爸，读书教育怎么办，房贷怎么还？'

"'我就不信他宁愿坐牢，也不愿给你一千万养崽女。我不是真的要他坐牢，只是要一千万。退一万步讲，你是大学生，还怕找不到工作，养不活小孩子吗？除非你还是想过这种没有名分的日子，靠他那几块钱，吊着你们娘儿仨的命。'

"'没有这么简单的逻辑。我们是有感情的，他也不是你说的这么差。'

"'都这个样子了，你还帮他讲好话，你吃了他的什么迷魂药？'

"'我爱他。'

"小花娘听了半天没作声。后来就哭起来。我这个外边人不晓得怎么劝。我觉得小花娘讲的没有错，要点抚养费分手，顶好的。但小花说她爱他，愿打愿挨，旁边人都是瞎操心。小花娘气得饭都没吃就走了。

"我对小花说，你不要气你娘，她生你养你不容易，崽走了，做娘的不晓得有多心疼。她是不想看你过得不好，想你有个正常的家庭。小花说她的家庭没什么不正常的，扯不扯结婚证不重要，计划生育政策马上要变了，二胎放开，没户口的小孩也能上户口，问题就解决了。

"小花讲的是假话，骗得了别人，骗不了我。她发狂的时候，我又不是没见过。气起来额头撞墙，砸杯子，吊颈的绳子都准备过哩，手臂上的伤疤，都是她自己搞的。一个漂亮姑娘，皮肤又白又嫩，陶瓷一样，却不断弄伤自己，我都不晓得那些疤是怎么搞的，看起来有刀子划的、烟蒂烧的、手指甲抓的。她中了钱老板的邪哩，死心眼，吊在他这棵树上，上去不得，下来不了，读再多书也不管用。

"我干脆都说了吧。小花吃过一回药，钱老板不晓得，是我发现的，我打的120。不晓得吃的什么药，她总有办法在网上搞到她要的东西，可能是舍不得崽女，不是很想死，吃得不够多。洗了肠胃，休养几天就好了。小花觉得我救了她的命，跟我近了一步。但我批评了她，我说不要再做那种蠢事，扔下自己小孩不要，小孩多可怜呀。小花同意我的话，她讲以后再不会做这种事。我晓得有些年轻人拿命来耍，什么割脉啊、吊颈啊、吃药啊，好像很酷，但是这世界上什么都耍得，只有命耍不得，耍没了，是没机会反悔的。

"我怕小花憋出病来，喊了她到秋莲铺子里走动。我晓得她跟我们这些保姆没有共同语言，但至少，看到我们这些人，虽然日子过得紧巴巴的——头发油腻腻，一双手做事做得树皮一样粗糙，买了外边穿的，没钱买里头穿的，买了上面穿的，没钱买脚下穿的，进超市买东西只看特价品、处理品，看哪样烂便宜——但仍然快快乐乐，小花会受影响的。

"我也不晓得这个方法有用没用。小花来耍过几回就不来了。在屋里玩电脑，打网络麻将，斗地主。她也会教小朋友背诗、画画，但没什么耐心，过一阵就要我来带。崽已经上幼儿园，有时开家长会，她都要我去。她越来越不爱见人，不爱说话。她跟钱老板的关系也有点怪。再没有看见他们大白天关了房门不出来。两个人不吵不闹。钱老板回来抱了崽又抱女，带了在外面吃啊耍。

"他后来也不要我监视小花，不讲别的了。对我不冷不热。我当然无所谓，反正要辞工了，我已经找了一个好东家，工资没小花这边多，也没这么多事做，只照顾一个老头，老头退休金多，人也干脆。

"紫薇半岁了，我没失小花的信，辞工时，小花没有留我。她要我在别人家做得不顺心，想回来就回来，她这里随时欢迎我，如果有认得的好保姆，介绍给她。我都答应了。最后小花告诉我，她又怀上了，这回一点反应都没有，吃得睡得，像个好人一样。我听了心往下一沉，觉得这不是个好事，但我没说出来。

"如果我是小花的娘，我会叫小花去打胎。"

十二

　　林妹妹又喊我去洗脚，刮痧，拔火罐。我因为不要钱，就做了一整套，刮痧刮得脖子通红的，火罐子拔得满背的红圈圈，回去反而病了几天。老李骂我："你吃了饭没事做，无端端去拔火罐，搞什么鬼！不要钱的药，别人要你吃，你也会吃个饱吗？"我听了不作声，拔火罐时疼得哭，只晓得搞了对身体好，看来也不一定。

　　我要讲的是林妹妹。她两公婆还是在一起过日子，她有一阵没跟我讲福建人，我耳朵边清净，以为都正常了。林妹妹每回都推荐男孩子给我洗脚，她说男的手有劲，洗得舒服，我反正只要女的洗。

　　老李要是晓得有男的给我洗脚，就再莫想有第二回了。我主要还不是怕老李骂人，我想的是，自己的脚被一个陌生男人抱着搓来捏去，怪不好意思的，不是那种不好意思，而是一个男的给你洗脚，你会觉得他没尊严了，虽然他自己不觉得。

给林妹妹洗脚的这个男孩长得不丑，发型也好，两个有讲有笑。男孩总是问她，疼不，要不要轻一点，这个力度行不。林妹妹坐得舒舒服服，嘴里嗯个不停。给我洗脚的女孩只晓得笑，我也不管她手里有劲没劲，反正不要我出钱。

洗完脚，我跟林妹妹坐着休息，喝茶吃水果。服务员带上门出去了。林妹妹问我："这个洗脚的男孩怎么样？"我以为她要介绍给我，吓得手都摇断了，"我除了老李，没碰过别的人。"

林妹妹笑得要死，她说不是介绍给我的，我脸就瞬间红了。

"老李人好，你莫出轨。我不同。我跟这个小伙子睡过几回了，感觉蛮好。"林妹妹又念起自己这本经，"你晓得不，前一阵，我发现老潘的车里有个避孕套壳，我问他什么情况，他的反应很快。他说，'啊呀，这个狗日的张胖子，老子借车给他用一下，他竟然在车上搞这种事，搞完也不清理现场。'我不相信老潘讲的，去找张胖子对证。我晓得老潘在路上偷偷给张胖子发信息，张胖子一见我就道歉，说他用了老潘的车。

"我要做就干脆做到底，找了张胖子的老婆，把套子壳给她看，告诉她这是张胖子留在老潘车上的。张胖子的老婆听了飙火。张胖子只好讲实话，他从来没借过老潘的车，他只是帮老潘的忙。张胖子老婆不相信，她说，'老潘这么多人不选，为什么偏偏选了你来背黑锅，你到底瞒着我干了多少坏事？'

两公婆在我眼前吵得要死。张胖子只好喊老潘来当面对证。

"老潘一来，张胖子就承认，套子是他在老潘的车里用的。我不信老潘，老潘要张胖子搞什么，张胖子都会去做。但我没证据。后来我想，只要我不想离婚，就不去戳穿这个猪尿脬，算了。"

林妹妹讲起老潘，不像以前气得嘴皮打战，话都讲不好。现在，她像讲别人的事一样，不急不缓，有时还停下来笑一下，卖个关子，讲完也不会唉声叹气。

除了洗脚的，林妹妹还认得一个银行搞信贷的，三十岁上下，结了婚，两个人不只睡觉，还有点感情往来。林妹妹讲，结了婚的安全，没有结婚的如果要缠着结婚，这就坏事了。她跟洗脚的那个，下了床就没有什么瓜葛。

她这回学乖了，公司的事她只管财务，什么煮饭买菜算小账，都不搞了，做起老板娘的样子，让员工都晓得，这个公司是她的钱搞起来的，树立威信。过去只晓得爱老潘，什么都听他的，都交给他管，以为两个人结了婚，就是一世，两个人都不会跟别人睡觉了。

林妹妹二十岁跟老潘生了一个儿子，叫潘安，高中送到美国读，刚刚大学毕业，准备继续读研究生。潘安带了一个金发美女回来，中文一句不会，林妹妹英语只晓得讲 OK。潘安在中间做翻译。金发美女要在益阳待一阵，跟潘安商量好了，一起到安化贫困山区当志愿者，教小学生英语。

林妹妹家里不断有人来看外国人，走在街上别人也盯了看。林妹妹和老潘带他们到长沙耍了一天，要给潘安买台越野路虎，让他们开到安化去。金发美女阻止了，她说大学毕业了，不应该再花父母的钱，自己要独立。林妹妹没见过这种不晓得享受的人，有人创造好条件都不接受，硬要搞艰苦朴素的，坐了火车坐汽车，坐完汽车走山路，潘安的脚都打起了血泡。她心疼儿子，没有办法，儿子听女朋友的。听说他们跟山里的小孩子吃干菜送饭，洗澡没热水，用水要到外边挑，夜里蚊子咬人，白天太阳晒，他们还到田里割禾，晒得皮肤通红的，身上到处都是伤。林妹妹喊儿子回来算了，儿子说，女孩子都受得了，他是个男子汉，不能在她面前丢人。林妹妹怕儿子累死了，要老潘开车到安化看看，老潘讲的，他要吃苦，就让他吃点苦，以后出社会有好处。

　　林妹妹暗自着急，心思扑在儿子身上，跟我讲了大半天，讲来讲去，觉得儿子受金发美女的影响，他原来不是这样的。

　　"外国人这么不晓得享受，有舒服的日子不过，硬要去寻些苦工做。一个女孩子，细皮嫩肉的，到中国来了，不游山玩水到处耍，到山旮旯里当什么志愿者，她未必不是父母生的啊？"

　　"你问我，我问哪个哩？我连见都没见过外国人，听说一身膻味呀？"

　　"乱讲，这个女孩子喷香的。"

　　"那你就等着抱洋孙子吧。"

　　"看他们的缘分。我有点奇怪，难道娶一个外国媳妇，不要花一分钱吗？想想咱们益阳街上的姑娘，订个婚都要一二十万，结婚要屋要车要金器，少一样都不行。"

"外国人的事我也搞不清，我只晓得在益阳街上，订婚结婚不要钱，不要彩礼，这就是不值钱。没哪个姑娘认为自己不值钱的，都要抬高身价。钱要得越多，把男方搞得越艰难，脸上越有光。以后讲起自己的身价，都要昂起脑壳的。"

这一段林妹妹和老潘两个人心情都不错，坐得一起聊天的时间多了，经常是为了潘安的将来，一讲就讲半天。甚至还说起要到美国买屋，到美国去带孙子。讲到去美国，林妹妹就急了，英语一句都不晓得，只怕出去买菜都是问题，买了菜都不晓得回去。左想右想，觉得还是要提前准备，就报了一个英语培训班，像学生一样，书啊本子啊，写啊抄啊，耳塞子堵住耳朵练听力背单词啊，非常努力，连那个洗脚的、搞信贷的都放到一边去了。

学了一个月，林妹妹不只晓得讲 OK，还晓得讲吃饭喝酒，左拐右拐，头前后背，今朝明朝，有时在我面前飙几个单词，她喜得要死，原来英语这么容易搞。又过了一个月，林妹妹蔫了，没劲头了，学的也都还给老师了，只剩自己的 OK 没有丢，课程多半没学就放弃了。

林妹妹说自己老了，到哪个山上唱哪首歌，现在还是享受享受。她又去找洗脚的，舒舒服服洗了脚，再跟他舒舒服服睡了一觉，一身都轻松。崽从安化回来，她带了他们到另外一个地方洗脚按摩。她问儿子是不是打算结婚，将来生了小孩学不学中国话，不学中国话中国这边的亲戚怎么办。儿子说他们没打算结婚，也没打算生孩子。林妹妹说你是潘家独苗，不结婚不生孩子，你这是想潘家绝代呀，我和你爸还等着当爷爷奶奶呢。林妹妹回去跟老潘讲，要老潘向儿子施压。老潘说他们还小，让他们耍几年，莫着急。林妹妹怕儿子吃亏，外国太远，他们想帮都帮不上。她还是想潘安找个中国人，说起话来易得些，两家大人也能玩到一起，凑麻将，斗地主，搞旅游，吃东吃西，都没有隔阂的。在美国，吃的都冰冷的，冰水、冰饮料，尤其是早晨，吃一肚子冷东西，会搞坏身体。什么奶油、面包、香肠，这些东西，林妹妹闻了就反胃。她去美国的那一回，带了四川榨菜、韩国泡面、老干妈，待了十几天，得了病一样，回来连吃了几餐辣的，才缓过神来。

林妹妹跟我讲，洋姑娘是好看，起先她觉得蛮新鲜，有个洋媳妇，别人看了都羡慕，但现在想通了，洋媳妇不实用，天天黑眼睛瞪蓝眼睛，只晓得笑，讲不得话，心里不是滋味。儿子也没时间跟她说话，总是跟洋姑娘讲英语，讲了这里讲那里，有时笑得要死，不晓得他们笑什么，听着听着，林妹妹觉得连崽都是别人的了，不晓得这是不是吃醋。林妹妹心里有点空，这种空跟老潘在外边乱搞时留下的空不一样，这种空是晓得以后会有个女的霸占自己的崽，没什么填得满的。

这一次崽到美国去，林妹妹有点伤心。

十
三

　　郭家嫂亲戚朋友多，两箱红酒卖掉了，补交了钱，升了三星会员，有八个下线，现在坐在家里有钱收了。这是秋莲在店铺里讲的。听她的口气，是想我入会。她晓得我女儿娟娟订了婚，收了五万订婚彩礼，全套黄金首饰，只要我入会，到娟娟结婚时，五万变十万，轻轻松松。她讲半天看我没有反应，又讲邓嫂销了好多酒，邓石桥的人有钱，兴喝红酒，但是发展下线难，所以邓嫂做得不算好。

　　两箱红酒放在床底下，爱嫂做这个事没用心。有天晚上开码，她中了八千，喜得要死，红酒的事就放一边了。买码的老头老太和中年妇女们，听说爱嫂中了大的，都来问她怎么选码，有什么窍门，下回买码通个信，有钱一起赚。

　　爱嫂是个胖女人，中码以后更胖了，双下巴变多层，脖子也粗了一圈。买码的虽不爱读书，但都爱看码报，讲起码经来，饭不吃，茶不喝，旧年今朝出的什么码，哪天台风掀屋顶没有开码，记得一清二楚，碰到一起只讲码。有个女人经常差点儿买中，她就是选不中特码，爱嫂选得中特码，看不准别的，都说只要她们两人的脑壳捆起来用，就中得大的。但她们两个人合一起，连小的都没中过，钱丢进水里响都不响。

这回爱嫂中八千，只怕是益阳街上买码的人中间，赢得最多的一回。旧年有人中六千，是个七十岁的老婆婆，码一开，她就喜死了，中的钱买了一副上好的楠木棺材。

爱嫂中八千不满足，她的目标是八万、八十万。

买码通常是写短信报给秋莲，爱嫂当时还不晓得用微信发红包，也不晓得怎么绑定银行卡，是东家的小孩子帮忙搞好的。她本来只想买几块钱的，但迷信童男子的手气，相信会中大的，她就是有这种预感，结果她的预感是准的。

爱嫂公开讲的是，单凭童男子的手气，这次码也不一定中得，这个特码也是老天给的。她下午去上班，在街上走，突然刮起一阵风，吹来一张废纸，粘在她的裤腿上，贴得绷紧的，像小孩抱着不松手。特码就是这张纸上来的。纸是学生用的方格子，空白的，只有一个蓝墨水数字，她就是用这个数字做的特码。

爱嫂告诉别人的，都是这种神秘的经验，学不来的。童男子容易找，问题是到哪里去找那阵风，等它吹来一张写了特码的纸粘在你的裤腿上呢？资江河边的风，经常刮得很大，吹得树叶满地跑，但没一个写有特码的。尤其是河边修成风光带以后，洒水车早晚冲两遍，清洁工一天扫几回，到处干干净净，莫说一张纸，一片落叶都难得寻。街旯旮里有废纸，但没有风，没有风，特码就不会跑出来粘在裤腿上。

有的女人说，爱嫂小肠子多，怕别人跟了买，怕别人发财，买中了都高兴，又不是挖她爱嫂的钱袋子，都是做保姆的，这样搞没意思。说是这样说，在街上走路，她们到底还是会注意刮没刮风，脚边上的东西捡起来看一眼，追乱跑的塑料袋，看看里头有什么，有没废纸、生肖图片，或是跟数字有关的内容。有人说，街上凡是埋头走路的，都是爱买码的人，到了开码时间，她们的心脏会一起狂跳。

爱嫂洗衣拖地讲话都是劲，地板擦得雪亮的，切菜剁得案板咚咚响。东家嫌她手脚重，要她斯文点。爱嫂一般随东家讲三讲四，平时不顶嘴，这回借了中码的兴奋，就讲，做工怎么斯文得，斯文就做不好，菜刀这么重，不使劲拿不动，切不开肉，剁不开骨头。爱嫂中了八千块，胆子也大了，嗓门也粗了。她不晓得东家对她不满意了。

"我迟早会住大屋，睡大铺，只看我哪一回搞中了。"爱嫂老跟我说这句，好像要得到我的确认。她越是晓得我不懂码，越是爱跟我讲码经，出单出双，红波绿波，书没有读几年，数学公式都用上了。

"我总结了一些杀号经验，中八千块钱的码，是我自己算出来的。我用的是头前五期综合杀号的办法。就是说，根据前五期奖号走势，杀当期的号。一般来讲，当期开出号码，大部分来自前五期。所以哩，我花了蛮多时间研究前五期，找出二十几个号码备选。前五期出现过的连号，头前那个数不能轻易杀掉，比如连号10、11中的10，连号13、14中的13，都要特别对待。下一回，我会用尾数杀号，将双色球红球的十个尾数单独拿出来，作为第一层杀号的标准，也可以把双色球的六个红球奖号，按照前三位、后三位来分，前三位奖号对应几个尾数，后三位奖号对应几个尾数。"

爱嫂讲了很多，我都听不懂。她讲码的样子，很奇怪，变成了另外一个人，就像一个读书很多的专家，讲话一套一套，"我跟一个买码的师傅学过几招。师傅讲的，买码不需要学历，只要智力"，我不晓得爱嫂的智力有多高，她太胖了——胖的人看起来总像智商不高的样子。

我早先劝过爱嫂莫赌，中了八千块钱以后，她就正式劝我，批评我，说我只晓得做呆工，当了十几年保姆，还是个保姆，将来还是个保姆，一世都是保姆。她说我是她认得的，做保姆做的时间最久的。她问我："你真的没有想过，怎么能挣得多些，怎么能挣得轻松些，怎么让自己的手不跟油烟和洗衣粉打交道？"

我想，爱嫂不单对自己的日子不满意，对别人过什么日子也不满意。她想买码过好日子，不如实打实做事靠得住。别人说爱嫂喝红酒，开始用纸杯子吃，后来搞了一个高脚玻璃杯，天天夜里喝半杯，睡得直打鼾。她就这样喝光了自己的两箱红酒。

爱嫂不回去看她走路要扶墙的男人，她说他那个样子，倒也没别的什么病，她回不回去，都没人说她。她买了新衣服，大裤脚，上衣也很大，穿在身上像床单，走路时衣服飘起来。城里她都混熟了，秀峰公园、会龙山、梓山湖、奥林匹克公园，这些地方都去耍过；老街、万达广场，也去转过。街上不是原来的样子，爱嫂也不是刚来街上的样子，反正有股乡里味。只有她开口讲码时，才像是在街上住了几十年的人。爱嫂身边买码的女人，都服她，不管买不买得中，反正她这套话讲得漂亮。

我一直不晓得什么叫买码，后来明白，其实就是香港的六合彩，在大陆算违法，到处是地下庄家，悄悄做。有买码输掉房子的、跳楼的、自杀的，还有些公司都输了。

没有人见爱嫂找过男的，跟男的单独说话都少。爱嫂这方面让别人没有闲话讲，直到谢嫂在秋莲铺子里讲起爱嫂买码的师傅，大家才晓得爱嫂的秘密。

那是一个四十几岁的近视眼，几年前死了老婆，住在桥北一间墨黑的烂屋里，肉色墨黑的，天气好时他看得见路，阴雨天就是一个瞎子。他话不多，只跟爱嫂在一起，就不断有话讲。爱嫂总是点头，耳朵尖的听见"杀尾""红波""单数"，就晓得他在讲码经。爱嫂中了他的邪，一个穷瞎子，他要是算得准码，早就发了财，怎么还住在烂屋里。

瞎子讲爱嫂智力高，接受能力强，益阳街上没几个有她这样灵泛的。还有些话是爱嫂告诉谢嫂的，师傅最爱她的身材，他不说她胖，只说她像杨贵妃，还说身上有肉的有福，身上没肉的命苦。爱嫂问我晓得杨贵妃不，我看过戏曲《贵妃醉酒》，但不觉得爱嫂和那个戏里的杨贵妃有什么相同。

　　因为瞎子，爱嫂对自己的智力和身材都特别自信，说起话来一句是一句。瞎子挽着爱嫂的手臂，晚饭后在河边散步，看资江河里的挖沙船来来去去，蛮浪漫的。

十四

　　谢嫂名叫谢青竹，不晓得原来长什么样，看得出来，她割了双眼皮，听说还抽过脂，不晓得抽的什么地方。认得谢嫂的，都讲她没有割双眼皮之前还好看一些，双眼皮割得太宽，人就像没睡醒一样。

　　谢嫂性格也是不紧不慢，说话声音像化了的糖，韧软的、巴黏的，男人像蚂蚁，碰到这种糖就粘住了。谢嫂露在外面的肉是偏红的，衣服遮挡的地方雪白的，有时衣领低一点，袖子短一点，别人就能看见，都讲谢嫂一身好肉，细嫩，藏起来可惜。

　　我现在来讲谢嫂，平时跟她没有打交道，她的事都是听来的。谢嫂跟别的保姆不同，不搞一窝蜂，有自己的安排，不销红酒，不买码。谢嫂是保姆中最早退休享福的，因为她有个好女儿。女儿不晓得娘不是亲娘，亲生娘曾经后悔，来寻她，谢嫂为了躲开，搬了无数次家。

从谢嫂当姑娘的时候讲起。她是山里长大的，十七八岁到益阳街上做事，人不丑，有个街上小伙子看上了她，跟她搞对象，发生关系，后来不要她了，因为她是乡里户口。谢嫂气得哭，哭了又发狠心，不管瘸脚的断手的，一定要找个街上人。

过两年，真的找了一个，叫姚小明，比她大一轮，下岗工人，打零工。他的街上户口值钱，有资格选对象，街上姑娘选不到，乡里姑娘随他挑。谢嫂当时二十一岁，两个人结了婚，几年都没怀上，到医院检查，是姚小明的问题，他没生育。

不生崽，婚姻就没意思，没意义，街上户口也没优势。但谢嫂心不狠，做不出，还安慰男人，两个人把生活搞好就行了。

不生崽，生活怎么搞得好哩？谢嫂再努力也没用，心里不是滋味。姚小明晓得自己的短处，突然到深圳打工去了。电视报纸到处都在讲深圳，有一首歌也唱"1979 年，那是一个春天，有一位老人在中国的南海边画了一个圈"。好多人都跑到广东去做事。那里到处招人，什么手袋厂、玩具厂、塑胶厂，一招就招几百个。一下班，穿蓝衣服的年轻男女，海水一样从厂子里流出来。

头几个月，姚小明还寄点钱回来给谢嫂用，问这问那，后来就不寄钱回来了，不晓得他在搞什么名堂。谢嫂抱养了一个女婴，小姑娘长大后很争气，把谢嫂的生活安排得舒舒服服。谢嫂小时喂她牛奶，有时抱了她到有奶水的女人那里讨几口吃的，亲戚朋友送些小孩的旧衣服，婴儿吃饱了，穿暖了，长得风快的。

姚小明不回钱，没消息，谢嫂急，生怕养不活女儿，就问他是不是想离婚，如果这样，她没有意见。姚小明可能在深圳找了别的女的，回来跟谢嫂扯了离婚证。谢嫂的养女才半岁。谢嫂跟姚小明是想过一世的，她想他没有生育没关系，带一个就行了，现在带了一个，他却跑了。

谢嫂还没三十岁，带了这个女儿，就不好嫁人了，男的都不想娶带孩子的，只爱自己生的，不爱别人生的，"自己能生崽，却挣钱来养别人生的，那是傻子干的事"，他们是这样讲的。

谢嫂带着女儿，被男人挑来拣去，七八年都没找到合适的。

谢嫂的养女是个黄花闺女生的。这个黄花闺女后来结了婚，要把女儿要回去。谢嫂想过还给别人算了，自己找个有生育的，想生几个就生几个，可是她一个人把女儿养到八九岁，跟亲生的一样，打死她都舍不得还给别人。她只好躲，不断搬家，跟一些熟人断绝来往，生怕那女人再找上门来。

为了预防女儿听了什么风声，晓得她自己不是亲生的，谢嫂想办法到医院开了张出生证明，摆在显眼的地方，女儿一看就晓得她是自己的亲娘。只有一回，女儿问起爸爸，谢嫂早就编好了一套说法，讲她出生两个月，她爸爸出车祸死了，她拿出初恋的照片给女看，讲得真的一样。

有人晓得，谢嫂不是一个人带女儿，她不搞点别的什么事，根本养不活两个人。乡里来的女人，都爱找有退休工资的老头，像谢嫂这样动真情的不多。谢嫂自己不隐瞒，说来说去，总是要感激一个人。这人姓甘，原来是大厂子的采购员，一脑壳白头发，长得蛮高，看起来不老，走路讲话都有劲，还有点风度。他老婆中了风，瘫痪好几年了，甘老头请了人照顾她。不晓得谢嫂同甘老头是怎么认识的。两个人处了很久，甘老头买了一套小屋，家私电器都配齐了。他自己有时也睡在这里，偶尔带谢嫂的女儿到公园里耍。

谢嫂的女儿小名叫盼盼，都说黄花闺女生的孩子聪明，盼盼很机灵，甘老头很喜欢。他经常给盼盼东西，吃的穿的，书包、文具盒。谢嫂遇到的男人，没一个有甘老头这么好的。前夫回来要复婚，谢嫂讲她最难挨的时候都过去了，不会再回头了。

谢嫂一想到他没有生育，心里就不舒服，就算她有女儿，不再生孩了，还是觉得不舒服。她不得不承认，她原来想怀孕，他不行，她其实是看他不起的。没有生育的女的，扫把星一样，没有生育的男的，也差不多。

姚小明搞了钱，回益阳买屋，装修，不断去找谢嫂，要谢嫂跟他一起住新屋。谢嫂改了电话号码，他要是晓得甘老头的存在，肯定会到处臭她，他做得出。他到深圳挣钱，不管她娘俩的生活，心不好，不能要，丢了，也不能捡回来。

谢嫂跟甘老头讲了这件事，甘老头对她就更好了。两个人心里都晓得，只要甘老头老婆一死，就没有阻力了，两个人迟早要结婚的。甘老头还没有七十岁，看样子活九十岁都没问题，两个人还能一起过二十年。谢嫂算过这笔时间账。

不晓得的，都以为谢嫂和甘老头结了婚。甘老头对谢嫂娘俩好得不得了，吃的用的都尽好的买，还接送盼盼读书。

女儿读初中以后，谢嫂才出去做事，先是在槟榔厂做了几个月，里头环境太差，很多灰，做久了怕得病，辞了工；到冰棒厂做了六个月，搞得手和膝盖疼，怕得风湿，也没去做了。甘老头要她待在家里耍，莫出去做事。谢嫂讲，她现在还年轻，做得就要去做，手脚都动得就吃现成的，要不得，一个家庭，每个人都要付出，要努力。

谢嫂挣了钱也给甘老头买东买西。甘老头爱吃凉面，谢嫂学了，做给甘老头吃；他爱吃饺子，她就学了包饺子。谢嫂后来出去做保姆，饭煮得好吃，都是从甘老头这里锻炼出来的。所以说，有的人会带来好的影响，各方面的好影响，甘老头就是一个好例子。

谢嫂跟甘老头过得好，一晃就是五六年。这段时间她都没想过再生一个，没跟甘老头讨论过这件事，她觉得生活不缺什么。她晓得甘老头的老婆活不长久，虽然这种想法不好，但是事实。有几回送医院抢救，都差点死了。甘老头的崽女孝顺，舍得花钱，每回都送到长沙的大医院。

有的病送北京也没用，治不好的，病人也经不起折腾。甘老头老婆比他大三岁，医院进出几回，不行了，最后死在医院里。崽女把她运起回来，搭了一个很大的灵堂，搞了三天热闹的，才送火葬场火化。

谢嫂跟甘老头约好过半年扯结婚证，甘老头的崽女都没有意见，巴不得父亲找个伴，晚年有人照顾。甘老头的财产，随他自己处理，他爱给谁就给谁，没人争，只要他晚年过得好，能享福。他们不像罗老头的崽，为了一套旧屋，结婚了都要拆散别人，为了钱天天在屋里磨刀。

谢嫂喊甘老头为老甘。朋友都讲甘老头帅，不趋老，人精神，跟谢嫂蛮配。看得出甘老头脾气好，对人好，退休工资一概交得谢嫂，谢嫂都不用出来做事。谢嫂也晓得做人，甘老头的孙子孙女过生日，考学校，她都要安排送礼，送红包，过生日起码五百，考起学校的两千，结婚出嫁的，随甘老头拿多少，她都没有意见。甘老头讲谢嫂诚实，没什么心计，不自私，晓得替别个着想。

甘老头老婆死了以后，经常到谢嫂那里去睡。奇怪的是，甘老头每次来，身体就出毛病，有几回还进了医院。住在自己家里，就没有问题。谢嫂怕，觉得甘老头的老婆在害他，报复他，显然是不同意他们在一起。甘老头讲，人死如灯灭，不要迷信。但有些事说不清，甘老头一到谢嫂屋里，就心脏直跳，脑壳发晕，吃也吃不进，睡也睡不着。老是这样，甘老头的崽女也有想法了。

甘老头有文化的崽女也兴这一套，给他们的娘烧纸钱磕响头，替他们的父亲求情，不要这么快带走父亲，让他在阳世上多活几年。过了一阵，甘老头又到谢嫂家去，半夜里发高烧，讲胡话，送到医院里抢救，搞得动静很大。出院以后，甘老头恢复正常，再没到谢嫂家来过。崽女不准他去见谢嫂，还到秋莲那里登记甘老头的信息，给他找保姆，保姆的标准是按找老伴的要求定的。

给甘老头当过保姆的讲，甘老头跟谢嫂不见面了，天天跟谢嫂打电话，想起来就打，就跟谢嫂在旁边一样，随时跟她讲话。尤其是夜里，电话一直能通着，有话讲就讲，没话讲就听她在屋里做事，说话，还有冲马桶、刷牙的声音。甘老头讲话之前，总要先喊一声"青竹"，有时只喊这一声，没有话讲。

他跟谢嫂活在电话里，好像也蛮快乐。

时间过得风快的。盼盼读初三，有天放学没回，失踪了。谢嫂打电话告诉甘老头，甘老头急得一夜没有睡，跟着她等。第二天早晨，谢嫂正要去报案，盼盼回来了，她搞了早恋，跟男同学在酒店开房。

谢嫂气得哭，跟甘老头讲了。甘老头瞒了崽女，要来看谢嫂，"这一回我死活都要见你们"，他讲先去理发，刮胡子，收拾干净了再来。

甘老头就是理发时死的。他当时低着头，理发师推剪完后颈窝里的头发，要他昂起脑壳，讲几句他都没反应，不晓得什么时候死的。理发师是个年轻人，吓得梳子都甩得天花板去了，一边叫，一边往外边跑。旁边的人都来看，只见甘老头坐得笔直的，垂着脑袋，好像仍在等理发师剃头。

谢嫂在家里等甘老头，左等没来，右等没来，打电话没人接，心里急了。天黑时电话打通了，甘老头的崽接的，说他父亲死了。谢嫂顿时手脚冰凉。她本来预感有事，猜他出了问题，没想到面都没见就死了。

谢嫂一阵痛哭。

没有人通知谢嫂参加追悼会。她打听到追悼会时间、殡仪馆地址，穿一身黑去见甘老头。谢嫂第一次到这种地方来，畏手畏脚，只看见到处有人哭。每一间灵堂都有名字，满屋白花。甘老头穿得干干净净，躺了白花里头，胸口也放了白花，脸像白花一样白。

人们围着他转圈，鞠躬，告别。

甘老头可能想着要去见谢嫂，心情愉快，脸上带着微笑，好像随时会打开眼睛坐起来。

谢嫂看了甘老头一眼，忍了哭，只想去摸一下他的脸，抓住他的手问他几句话。

告别式上，有领导发言，甘老头的崽也讲了话。

谢嫂突然扯开喉咙哭，两条腿韧软的，跪在地下，哭着哭着整个人倒下去，她就趴在地上继续哭，手板拍地，啪啪直响。

谢嫂哭得这么伤心，都不晓得她是什么来头、什么关系。亲戚也不认得她，都看着她哭，看着她像条活鱼拍打地板。

有人以为她是专门哭孝的，还问请人哭孝要花多少钱。

谢嫂横竖不管，哭完喊完，抹干眼泪就走了。

谢嫂是真伤心，说起甘老头，就要红眼圈。清明节想给甘老头扫墓，不晓得他埋在什么地方，他的电话已经停机，问不到了，只好在桌子上留一套筷子碗，做一桌他最爱吃的菜。

盼盼专科毕业，当了售楼小姐。她长得漂亮，脑子灵泛，业绩总比别人好。她还给谢嫂做媒，介绍一个小区维修工，姓吴，读过高中，八字哨的，四十五岁，长得像甘老头。谢嫂相中了。过了年，两个人登记结婚。盼盼孝顺，给娘买好了社保，安排周全，还告诉她娘，要是姓吴的对她不好，就一脚踹了，不要勉强自己。

晓得的都说，谢嫂带的这个女儿，比亲生的都好。

谢嫂跟邓嫂起先不和，吵来吵去，发现是一个阶级的，应该团结，站在一条战线上。于是关系搞好了，一起做工，一起玩耍，一起对付东家。从对手变成连体姐妹，只要东家对她们俩其中一个不好，另一个就跟着讨说法；要是东家辞退一个，另一个就跟着辞工。

端午节这天，东家的小儿子带了女朋友回来，要谢嫂加菜，谢嫂讲家里没有菜，要出去买。东家要谢嫂跑一趟，平时他们不要保姆搞采购的。谢嫂买菜回来，东家讲排骨太贵，蔬菜不新鲜，鲫鱼不是野生的。邓嫂听了打抱不平，说谢嫂去菜市场，是额外的劳动，超出了她的工作范围，结果你们还不信任她，这不公平。最后东家道了歉，说菜价有变动正常，他们只是随便念几句，没有别的意思。

女人们好到一定程度，肯定要分享秘密，什么都讲，不讲觉得不真心，不够朋友。谢嫂跟甘老头的感情深，女儿是带的，邓嫂晓得，邓嫂的事谢嫂也晓得，两个人都有自己的好朋友，免不了把这个朋友的秘密告诉那个朋友，所以女人们之间就没什么秘密，你跟好朋友讲了，好朋友要跟她的好朋友讲，好朋友的好朋友要告诉她的好朋友，讲来讲去大家都晓得了。

谢嫂跟第二个老公的关系不蛮好，主要是床上问题，吴维修的包皮太长，像一个布袋子，摸半天里头都是空的。她要吴维修去割包皮，吴维修怕疼，说男人的这个地方不能随便动。

谢嫂跟吴维修开始时，这方面都没有问题，结婚以后，吴维修的包皮越来越长。谢嫂想起女儿说的，觉得不舒服，就一脚踹了。如果离婚的原因是包皮过长，谢嫂讲不出口，但就是这个问题。吴维修不爱洗澡，晚上不刷牙，这些她要他改，他都愿意改，就是割包皮这件事，打死他也不愿去。

这样一搞，谢嫂夜里就没兴趣跟吴维修睡了。吴维修因为谢嫂嫌他包皮过长，也没自信跟她睡了。谢嫂认为吴维修的包皮影响婚姻生活，如果吴维修不肯改，证明他根本不重视这个家庭。

吴维修有他的理由，他说无端端要他去割一刀，割的还是命根子，他想不通。结婚前用得蛮好的，结婚后怎么就不满意了呢？东西还是这个东西，变的是谢嫂，问题在谢嫂自己身上。

谢嫂觉得吴维修也没讲错，她是有问题的。她总是拿他跟甘老头比，甘老头年纪老一点，但他的家伙一点都不老，年轻时割了包皮，干干净净，像冰棍。别的方面，她也总是想起甘老头，越想甘老头，对吴维修越不满意，越对吴维修不满意，就越想甘老头，没事要吴维修去割包皮，就是不顺眼，找碴儿。

谢嫂终于忍不住，跟吴维修谈离婚。吴维修一看谢嫂搞真的，包皮问题这么严重，决定去医院疼一把。他真要去割包皮时，谢嫂不要他去，她说他们之间的问题，其实不在于包皮过长。

吴维修糊涂了，他说谢嫂要他切哪里，他就切哪里，证明他重视这个家。谢嫂实话实说，婚前了解不太充分，她跟他不适合。吴维修就问什么地方不适合，只要谢嫂讲得出，他就改得掉，保证改成谢嫂想要的样子。

谢嫂要吴维修先搬出去，两个人冷静一下。吴维修不肯搬，他说他又不是一条狗，喊进来就进来，赶出去就出去。谢嫂讲，那就尽快办离婚手续，办好再搬也要得。吴维修讲的，你喊结婚就结婚，你喊离婚就离婚，哪里有这种蛮横无理的。谢嫂问，那你想怎么办。

"你要我割包皮，我去割，你要我搞什么，我就搞什么。但是离婚，我不同意。我们都是受过伤的，心里有阴影的。你当时就讲了，我们在一起过一世的，这么快就不算数了，你这是骗婚哩。"

"我骗婚有什么好处？我要骗了你结婚生崽吗？我要住你的大屋，吃你的饭，花你的钱，要你养吗？都是四五十岁的人了，莫说小孩子话。"

"我们在一起蛮好啊，不是吗？夜里你要几回，我就搞几回，下面不行用上面，总之会把你搞舒服。家务活我也做，你在外面做事，我煮了好吃的，都要给你留一份。你爱吃新鲜莲蓬肉，我专门到乡下去搞。我对你不差啊。"吴维修讲得眼泪都流出来了。

谢嫂见他哭，觉得自己做得过分，谈了几回都不通，晓得要赶他出门没那么容易。谢嫂没有告诉女儿，先跟邓嫂讲，说吴维修爱她，舍不得她。

"竹嫂子，你莫天真。你还不晓得啊？说穿了，他是要钱，不是舍不得你。"邓嫂一听就晓得吴维修走的什么路子，"这种人我也碰到过。你看喽，下一次，他会跪在你面前求你，如果你还是要离婚，他就会翻脸，威胁要搞死你，把自己说成干干净净的好人，然后呢，在外面到处臭你，骂你是婊子货，还会讲你找了野老公，被他发现了。他会造各种谣，让别人都同情他，都来骂你，最好是别人都来踩你一脚，踩死你。"

谢嫂听得眼睛都鼓出来了："不会吧，他不是这种人哩。生气肯定会生气，但不至于要搞臭我，搞臭我对他有什么好处？"

"你没听说过么，人渣就爱搞损人不利己的事。再说了，哪里不利己呢？你臭了，他高兴，别人都来踩你，他看了心里爽。"

"未必有这么毒的心。我又没得罪他。"

"你要离婚，这就是得罪。谈爱的分手，有些都会泼硫酸、杀人哩。我只是给你打预防针，要小心点，问问盼盼有什么办法。"

谢嫂听了邓嫂的，跟女儿讲她要离婚，他不同意，要他搬出去，他也不肯搬。盼盼当时谈了一个男朋友，她喊了男朋友一起去找吴维修。

"吴叔叔，两个人过不下去了，就好合好散吧，勉强不来的。"

"哪个讲的过不下去？我跟你娘过得蛮好。你要她说说，我什么地方做错了？"吴维修还是这种态度。

"两个人过不下去，不一定是哪个做错了事。过不下去，就是不想过。我妈她想自己一个人生活，理解一下她吧。"

"我就是理解不了。到底哪里出了问题？是我的问题，还是她的问题？"

"不是你的问题，是我妈的问题。"

"你妈有什么问题，我都不计较的。"

"我妈想自己一个人过，一个人清净。"

"我实在没有吵她，平时都是她吵我。"

盼盼讲得费劲，跟她男朋友使眼色，男朋友个子一米八。

"我来讲两句吧。作为男人，如果我是你，就先搬出去，冷静几天。可能冷静几天就没有事了。有什么再慢慢讲。"

"你要我搬就搬，我没这么蠢。你说说，我住在自己家里，为什么要搬出去？她要清净，她可以搬出去清净几天啊。"

谢嫂的女儿火上来了："你没搞错吧？这是我买的屋，几时变成你的屋了？你有什么份？"

"这是我两公婆的事,你们不要干涉这多。我不会搬出去的,你们讲什么都没有用。我也是有面子的人,想一脚踹掉我,就一脚踹掉,没这么容易。当时讲好了要过一世的,讲话要作数的。"

"这是我买的屋,我现在就命令你搬出去。"

"房产证上写的是'谢竹青'吧?你叫什么名字?"

"我再问你一句,搬不搬?不搬我就报警了。"

"你只管报警,我待在自己家里,怕什么哦?"

谢嫂的女儿打了110。

不到十分钟,来了三个民警。听了情况以后,三个民警笑起来。

"你这种家庭纠纷,我们帮不上,清官难断家务事嘛。要么坐下来好好沟通,要么呢,就到法院调解。警察管不了。"领队的民警说道,"他现在确实是住在自己家里,不管房子是哪个买的,他要是在屋里杀人放火,我们可以抓他。"

"无赖,不肯离婚,不肯搬出去,这不就是耍流氓吗?警察不抓流氓吗?"谢嫂的女儿讲。

"这属于家庭矛盾,警察管不了。"三个警察还有别的工作,摇着脑壳走了。

谢嫂的女儿气不过,拿起东西打吴维修,被男朋友扯住了,两个人出来想办法。

"等他待在屋里,饿死这个鬼,到时报警,让警察来收尸。"谢嫂的女儿讲。

"那不行，死在屋里晦气。我看这个事，还是要你妈自己跟他来处理，我们夹在中间，会帮倒忙。"

"我妈就是没办法。"

"让她再跟他谈谈。离婚肯定比结婚麻烦。"

"一个男人，这么不要脸，离了婚都不晓得他还会搞些什么事出来。只怕我妈都不能住这里了，搞得我都有婚姻恐惧，要是碰到这样的人，怎么得了？"

邓嫂讲得很有滋味，好像她一直在旁边看，每个人的表情神态都晓得。

谢嫂最后跟吴维修摊牌，问他要什么条件才肯离婚。吴维修起先讲他是个重感情的人，他什么都不要，只想跟谢嫂过一世。后来又讲，他跟了谢嫂几年，付出蛮多，当时有几个女的追他，她们长得比谢嫂强，经济条件也比谢嫂好，还比谢嫂年轻，但他都没理她们，偏偏跟谢嫂结了婚，没想到在她这里耽误了青春，她也没有给他生崽，问谢嫂拿什么来弥补。

谢嫂说，结婚前就讲了不生崽的，她都差不多五十的人了，生不出，也养不起。吴维修总是说她没有跟他生崽，只是跟他睡觉，她欠他太多，还不清的。最后他讲，一夜夫妻百日恩，看在过去的感情分上，他要半套屋。谢嫂讲屋不是她的，是女儿买的，银行里还有贷款。吴维修说，房产证上写的谁的名字，房子就是哪个的。

　　谢嫂这套屋值四十万，也就是说，吴维修要二十万才肯离婚。谢嫂腿都软了，存款加起来都没两万。她记得女儿教的，只试探他的想法，不跟他争执，更不要刺激他，因为还不晓得他是不是条毒蛇，要小心被咬。

　　谢嫂告诉女儿，吴维修要半套屋，女儿气得要死，后悔当时看错人，没想到贪财贪到这个份上。她本来是为了娘好，结果搞得一团糟，搬起石头砸自己的脚，一时间也不晓得怎么办了。最后决定把吴维修架出来，换门锁，再到法院申请判决离婚。

　　谢嫂的女儿安排几个男的，将吴维修抬出来，丢到街上，吴维修喊叫着反抗。等他们一走，吴维修就拎了他的衣服，坐在房门口等。保安认得他，不敢多讲，也不能赶他走。谢嫂回来，看见吴维修睡在门口，吓得打转身，再也不敢回去。

　　谢嫂暂时住在女儿家，女儿开始找律师，走法律程序。法院这边讲，夫妻要分居半年以上，法院才能判决离婚。谢嫂有家回不得，要在外边住半年。看这个样子，离了婚也回不去了，吴维修不会轻易放手。房子想卖也卖不掉，吴维修天天守在门口，买家都吓跑了。

　　碰到这种死脸皮的，倒霉。谢嫂没办法，在女儿家住了半年，等到了离婚判决书。谢嫂回到自己家，把存折给吴维修看，里面的钱都取出来给了他，请他离开，不要再骚扰她。吴维修不争不吵，天天夜里过来拉谢嫂的电闸，谢嫂的冰箱被搞坏了，屋里电器也出了毛病。白天他守在小区门口，不作声，看着谢嫂进出，谢嫂一身冷汗。

谢嫂的女儿把屋挂到中介所，过了两三个月，屋卖掉了，在梓山湖边上买了一套湖景房。吴维修转过来骚扰谢嫂的女儿，在外面把她母女俩臭得要死，讲老的卖屄，小的也卖屄，卖屄买屋，买了屋继续卖屄，卖上了瘾，戒都戒不掉。谢嫂的女儿气得要死，告诉男朋友，这个男朋友本来斯斯文文的，听了飙火，把吴维修打了一顿，用根木条打得他脸上青红紫绿，威胁他，下次再听到他乱喷，就敲掉他的牙齿，割掉他的舌头。

吴维修真的再没作声了。

不晓得过了多久，谢嫂和邓嫂在街上溜达，看见有个人躺在公交车脚下，脚伸得笔直的，好像死人。公交车司机打了110，警察来了，喊他出来，他横直不理，动都不动。

谢嫂和邓嫂也围着看热闹。

旁边有人讲，公交车到站停车，这个人爬进车子脚下。警察没有办法，抓了这人的脚往外边拖。谢嫂看了像吴维修，仔细一看，真的是吴维修，扯了邓嫂扭身就走。

"谢嫂吓得脸色雪白，我当时就晓得这个人跟她有关系，没有想到是她的前夫。喝了几两猫尿，就醉成那个样子，说不定哪天死在车轮下。"邓嫂讲起这个事乐得不行，"夜里电视台还播了哩。主持人讲的，要少喝酒，喝了酒不要睡得车轮下，太危险了。"

再以后吴维修没音信了，可能回乡种田去了，可能到外面挣大钱去了，再没人讲起这个人。谢嫂还会跟男的处，但不再谈婚论嫁，听说要结婚就害怕。2018年，谢嫂的女儿肚子大起来，办了酒席结了婚，很快有了儿子。谢嫂喜得要死，从外面辞了职，专心带外孙，也没再到外面当过保姆了。

谢嫂经常抱了外孙到秋莲铺子里来耍，都晓得她女儿挣的钱多，她穿得也越来越好，手上、脖子里都是金啊玉的，脚踝都戴了脚链，脸上抹得雪白的，身上的肉越来越多，越来越富态。都羡慕她有个好女儿。

高考前几天，我请了假，在家伺候儿子备考。他也争气，考上了湖南大学。保姆们在秋莲铺子里起哄，要我请客。我买了些瓜子花生，她们边吃边说，吐了一地的壳，这些壳就像她们吐出来的话，踩上去还阔啦阔啦响。

为了读好书，崽挨了不少打，小时候经常被老李打得屁股通红的，读初中耍游戏不听话，打断一把扫把。崽还离家出走过一回，留下一张纸条，写的是反对家庭暴力，吓得我两公婆失了魂。好在崽身上没有钱，饿得不行就回家了。后来老李不敢再打他，气起来砸东西，撕书，威胁他读书，不然就回乡里种田，"晒死你这个婊子崽"。崽又讲老李语言暴力，还是家暴，他要报警。我们拿他哭笑不得。老李比谁都着急，直到崽考上大学，他才松口气。

讲句公道话，老李打崽也不全错，要不是他这么打，崽不一定考得上大学。我这样讲，不是鼓励家长打孩子，但是不打不成器，这句话是有来由的。

邓嫂讲，她跟她男人都在街上做事，崽女留在乡下读书，没人管，初中毕业就出了社会，没有读大学，找不到好工作，"你的崽将来是坐办公室当官的，谢嫂享女福，你享崽福。只有我家里的淘气，不晓得哪天才懂事。"

邓嫂爱羡慕别人，但她又讲，"一个人有一个人的命，益阳街上没读书挣大钱的不少，我做了这久的保姆，认得好多有钱的东家，都没有读什么书。谢嫂的女儿专门卖屋，读了大学的，都没有她的业绩好，有些事真的说不清。"

我晓得她嘴里这样讲，心里不是这样想。

"邓嫂，你住在金山里，床底下有几坨金子，急什么喽。金子升值，比养崽女还靠得住些。"凤嫂笑着说的。

长时间没见凤嫂，她有点憔悴，脸上褶子多了很多，嗓子都是哑的。

"凤嫂，你脸色不好看，夜里没睡好吧？"邓嫂话里有话，女人们听了起哄。

凤嫂搞了一个对象，姓焦，五十几岁，腰铺子的，离街上不远，开车只要七八分钟。焦老头老婆死了两年了，他有三层楼房，一楼开餐馆，平时都是他打理，当厨师，崽和媳妇帮忙。焦老头的女儿嫁到城里，焦老头自己没想过，是他女儿把资料放在秋莲介绍所，要给他找老婆。

焦老头本来还怕崽女反对，这样一来，心里就踏实了。连相了五六个，不是他看不上，就是对方看不上。秋莲最后想到凤嫂，约了见面，两个人一眼就相中了。凤嫂到腰铺子去过几回，睡过几夜，准备过一阵辞工，到腰铺子去住。保姆们要凤嫂办喜酒通知她们，凤嫂说一把年纪了，还办什么喜酒，搬到一起住就作数了，有空再扯结婚证，日子就这么过下去。

"你对象姓什么啊？"有人问凤嫂。

"姓焦。"凤嫂回答。

保姆们大笑。凤嫂不晓得她们笑什么。后来再有人问，凤嫂就不说"姓焦"了，只讲一个字，"焦"，或者连名带姓，"焦育群"。

这个名字又笑翻一片。

焦育群看起来显年轻，身上有膘，皮肤黝黑，脸上经常泛油，讲话嗓门大，爱开玩笑，性格蛮逗女人喜欢。他请跟凤嫂要好的保姆们吃饭，给凤嫂夹菜，菜太烫，他会用嘴巴吹两下。邓嫂看不下去，觉得焦老头演得过分，讨人嫌。

"凤嫂爱，又不要你爱，"郭家嫂讲，"看不下去的都是嫉妒。"

邓嫂说她一点都不嫉妒，她认为焦老头是有心表演，患难才能见真情，如果凤嫂真有什么麻烦，焦老头会逃得飞快。

邓嫂乌鸦嘴，一下子说中了。

焦老头的女儿有正式单位，年年公费体检，不晓得是不是她出的主意，凤嫂搬到腰铺子之前，焦老头带了她做了一次全

143

面体检。凤嫂一切正常，就是宫颈查出问题，HPV 阳性。医生说可能是癌，等下次月经干净七天后，进一步做切片检查，确诊。

凤嫂吓得哭不停，夜里睡不着，想东想西，想了自己一世人就这么结束，心里不甘。

焦老头呢，还没有等确诊结果出来，就缩回去了，一个电话没打，短信都没发一条。凤嫂问他，他说到了餐饮业的旺季，忙得要死。

凤嫂因为情绪紧张，月经迟迟不来，心里怕得厉害。每天都觉得自己是个要死的人了，看什么都觉得舍不得，捡一片叶子要看半天，摘一朵野花闻了又闻，做事没神，忘记这样忘记那样。

小花这一阵心情也不好，跟钱老板去登记结婚，查到他的秘密，化名好几个，有的姓迟，有的姓刘，不晓得他怎么能弄到这么多身份证。钱老板认为结婚罚那么多钱不值，不如把钱留下来给小花和孩子。小花当时脑袋转晕了，觉得他讲得有道理，过几天又好像不对劲，再跟钱老板商量已经没用了，决定了的事，他不爱变来变去。

小花跟凤嫂两个人都苦着脸，各想各的心事，小孩在地板上自己耍。

风在窗外呜呜叫。天好像烂了洞，一直落雨。

等时间合适，凤嫂到医院再做检查。好多女人挤在走廊里，空气里一股汗臭味。两个病号闲聊，一个宫颈癌早期来约手术时间，一个是卵巢囊肿要切，凤嫂听了吓得大气也不敢出。等了一个多小时排到号，医生不肯做检查，讲要先预约。凤嫂说人都来了，还预约什么。医生说预约排满了，不预约做不了。好在医生多讲了一句"你最好现在就预约"，凤嫂才晓得要提前这么久。不晓得月经准不准时，先算了一个日子，按正常的预约，不准时再说。

石头压在胸口，凤嫂哭不出来，想找人说两句，想来想去找了我。我没有经验，只晓得凭感觉。我说凤嫂你莫怕，你不是这种背时的人，额头长得高，经常雪亮的，莫怕，肯定没事。

"我的钱都买了社保，万一要治病，钱都拿不出哩。我不想给女儿添麻烦的。"凤嫂什么话都听不进，只往坏处想。

"心放宽点，急也没用。我有个朋友，开始也检查出来阳性，吓得要死，后来复查没事。你多半也是自己吓自己。焦老头没有音信吗？"

"没有。听说是癌症，他就消失了。不怪他。他老婆也是这个地方的问题，查出来没有多久就死了。"

"一下看出他是不是真心了，你受点惊吓也值得。"

"我受不了。原来觉得生活这里不满意，那里不满意，现在想啊，只要没有病，日子就是好日子，没有病就是福。"

"退一万步讲，真要有什么事，你急也没有用。还不如快乐一点，该吃吃，该要要，该做做，老天总有个安排的。"

凤嫂点头，心情略微好转。

"听说小花结婚没结成，钱老板有很多身份证，到处生孩子，小花打算怎么处理呢？"我有意聊起别的，分散她的注意力。

"小花是大学生，长得那么漂亮，模特一样，不晓得她怎么想的。可能是怀了孕，脑子就迟钝吧。女人怀孕会变蠢，这不是我说的，但真的没说错。小花最气的是什么，晓得不，她气的是排队的没有插队的快，钱老板去年登记，女的比小花还小，他其实根本没想过要跟小花结婚。小花一闹，起反作用，钱老板回来得更少了。

"小花的娘来过两回，要小花去堕胎。钱老板的意思呢，只要小花堕胎，就一分钱不给她了，什么都不管。我说，难道他连自己的崽女都不管了？抚养费总要给的呀。听他的口气是一刀切。小花娘要把钱老板告到法院去，让他坐牢，小花就跟她娘吵起来了，说她的事，她自己处理，不需要别人插手。

"小花娘讲，原来她还生怕小花跟钱老板分开，现在她看不得小花受这种苦。钱老板把小花关在铁笼子里，隔几天喂点骨头，完全不管小花心里想什么。小花坐牢一样，是没有自由的犯人。小花犯的什么罪呢？她爱钱老板这样的人，就是犯了爱的罪。

"莫看了小花娘没有读书，脑壳不正常，她讲得出'爱的罪'这种话。她讲得对，小花要是不爱钱老板，为什么会待在牢里不出去呢，为什么不想办法找他要一千万呢，为什么不把他告到法院呢？小花善良，一点都不想伤害他。"

我说："小花没出去做过事，过不惯上班的生活，到外面去自己挣钱，都晓得那很辛苦。一个月刷卡刷几万的人，突然之间要靠自己，一个月挣几千块钱过日子，怎么会习惯呢？耍惯了再做，或者做惯了再耍，都不适应。你要我现在天天耍，我也不习惯，人都是这样的吧。"

"我想耍，没有这么好的命，活了四十几年，没好好耍过一天。"凤嫂讲的是真话。

"前一阵我看到朋友转发一篇文章，叫什么《工作着是美丽的》，我觉得讲得蛮好。"

"讲这种话的，一般都是耍得腰子疼，吃了饭没有事的。没哪个农民会讲工作着是美丽的。这叫心灵鸡汤，晓得不？"凤嫂笑了讲。

凤嫂一笑，我也跟了轻松。

"如果一点事都不做，也会有问题。我有天夜里起来屙尿，看见阳台有个影子，吓一跳，一看，是小花站在那儿，像要跳楼的样子。"凤嫂接着讲，"我不止一回看见她夜里不睡。她睡不着，脑壳疼，阳台外边的空气舒服一点。夜里睡不着有多难受，我晓得，就跟牙签撑了眼皮子一样，眯都眯不紧，心里还作呕。有一天小花问我，为什么我的女儿不到街上来看我，为什么崽女一长大了，就好像跟父母没关系了一样。她问我心里舍不舍得崽女。

"我说啊，只要崽女过得好，就没什么舍得舍不得。崽大不由娘，各人有各人的生活。小花讲她搞不懂，她从来没有想过有一天会跟崽女分开。我说麻雀从蛋里孵出来，翼胛长硬了都要飞出鸟窝的，莫说人了。不跟父母分开，这才不正常哩。小花还是搞不懂。她说她不会跟她的崽女分开，死活要在一起的。

"小花的话很唐突，但我没往坏的方面想。小花的孩子和她一样漂亮，也怪不得钱老板老是要她生。"凤嫂从手机里翻出小花崽女的照片，天使一样。"我也喜欢他们，活泼，聪明。要辞工，我还真舍不得他们。"

"你不去腰铺子了，为什么还要辞工呢？"

"我说了辞工，还是要辞工的。你到时给小花当保姆去吧。我跟她讲了你的情况。她说给你三千块钱一个月，包吃包住，有事请假，都没有问题。条件开得不错吧，在益阳街上算顶好的了。"

"我崽读大学花钱多，我想多做一份事。要是去的话，只煮两餐饭，不在她家里住。老李不同意我住外边，我自己家里也要照顾。"

"小花要住家带小孩子睡觉的。她也讲了，可能要请两个，一个专门带人，一个专门煮饭搞卫生。先不急，还有时间考虑。"

凤嫂日挨夜挨，月经总算准时来了，按预约的时间到医院检查。凤嫂讲，走廊上还是挤很多女的，同样的气味，同样的表情。一个姑娘从病室出来，哭得很响。旁边有人讲她得的卵巢癌，晚期，不能手术，只有几个月的命。凤嫂心跳加速，脑袋里嗡嗡直响。照彩超时，医生说问题不大，最后在她宫颈处切了样本，塞块纱布止血，要她七八天再来拿结果。

"问题不大，不是没有问题。问题不大，证明还是有问题。有问题，有多大的问题……"凤嫂心里害怕，但还是放开了，鼓起勇气，很大声地问医生："你就明白地说，我还能活多久？早点告诉我，省得我心上心下。"

"你想活多久呢？"医生笑道，好像对凤嫂感兴趣。

凤嫂被问哭了，以为自己死定了。

"没事哭什么？你这个女人家啊，我问你想活多久，是想活四十年？还是五十年哩？"医生一边讲一边写病历，"你的事问题不大，有炎症。我开点药你吃，加外用。切片检查，是确保百分百诊断准确。像你这样，有事的概率很低。就算有也不怕，发现得早，大部分能够治愈的。"

医生的话带着凤嫂坐过山车一样，上上下下，凤嫂脑袋晕得厉害："我还是不懂，你讲简单一点，我会不会死？"

"人都有一死。"医生还是笑，"人生无常，讲的都是这种变数。"

医生写好病历本，开了方子，叫凤嫂交费拿药，拿了药过来找他，他再教她怎么吃。

"要是死病，我是什么药都不吃了！"凤嫂拿着方子不动，"你告诉我，是不是死病？"

"你这个女人啊，讲这么多，都没有听明白。你没事，放心。只是呢，最好每年定期复查。"

"为什么没事还要复查？哪个吃了饭没事老往医院跑，又花时间又花钱。"

"身体是你的，医生只能够提建议，听不听是你的事。"

"只有你们医院收入好，得了病都要来。照个 B 超两分钟，收几百块钱，一次性纸垫子还要病人付钱。我要是得了死病，一分钱都不让你们赚。"

"方子我开了，你拿不拿药，吃不吃，我管不着。你出去考虑吧，病人在外面排队呢。"

凤嫂从医院出来，一路笑到秋莲铺子。

"搭帮祖宗菩萨坐得高！告诉老焦了吗？他怕是也急得狠哩！他生意忙，累得要死，昨天还聊起你了。"秋莲还想撮合他们。

"说点别的吧。我下个月辞工，重新找工作。"凤嫂不想讲焦老头这门经。

"你到腰铺子去呀，还要找什么工作呢？"秋莲讲。

"世上的男人死绝了，我也不会到腰铺子去。你莫再提这件事了。这一次，我吓是吓了一跳，但心情好得不得了。啊——还有，卜菊仙从澳门回了吗？社保的程序走得怎么样了？到了哪一步呢？你跟她联系一下？"

凤嫂一个急转弯，秋莲险些没有稳住舵："前几天跟她通了电话，她在美国送崽读书。听说报告都批了，等入了电脑数据库，再开银行账号，用不了多久了。"

"她怎么老在外国，难道她不上班吗？"

"卜主任内退了，她也是想多点时间陪崽。"

"她已经退休了啊，那……"

"不影响，关系都还有，她老公也是当官的。"讲得这里，秋莲也一个急转弯，"你真的不要焦老头吗？难得碰到这么好的哩。屋里三层楼，开餐馆，女吃国家粮，崽跟媳妇都听话，存款不晓得有多少。你去了只享福，不要做什么事。真的难得碰到这么好的哩！有几个想相亲的，条件蛮好，我都压着没有介绍哩。我总是觉得，你跟焦老头合适。生庚八字都合得，一个属蛇，一个属鸡，龙凤配，好得不得了。"

"秋莲，我再说一遍，世上的男人死绝了，我也不会跟焦老头！你有时也蛮讨嫌的，烦不烦呀？他是个什么好东西呢？听说我检查有问题，怕我得了死病，跑得一溜烟，没良心。我也劝你莫给他介绍了，不要去害别人。"秋莲逼得凤嫂讲狠话，"我看他的房子，前头对着别人的尖屋角，后背是坟山，只怕不是个好地方。他不多积点德，也不会有好结果。"

"凤嫂，你还晓得看风水，不简单呀。焦老头这样做，有他的原因，毕竟他经历过一回。如果第二个老婆又年纪轻轻死病，就真的没人敢跟他了。死一个又一个，哪个受得了呢。我看焦老头对你，还是蛮有心的。"

"焦老头这么好，你怎么不留了自己用呢。你没男人，他没老婆，年纪也差不多。他属蛇，你属鼠，蛇鼠一窝，比龙凤配还配哩。冬天要到了，你也该找个男的热被窝了。手上有焦老头这么现成的好男人，你就抓紧机会吧。"

秋莲被凤嫂呛了一口，不晓得怎么回应。她是做生意的，晓得和气生财，从不得罪顾客。益阳街上的中介所不止她一家，最近周边又开了三四个，跟她抢生意，搞竞争，她一个都要拉住。丢一个，可能就丢了一片，凤嫂尤其得罪不得，跟她耍得好的保姆多，她要在中间说点什么，保姆们都会听她的。她们别的特点没有，就是爱抱团，讲老乡情义，喜欢互相帮忙。

秋莲好声好气："凤嫂，莫开我的玩笑。我没你这么好看，肉色没你的白，身架子也没你这么好，焦老头怎么看得上我喽。我差不多五十岁了，不往那方面想了，多攒点钱，老了到敬老院去。你不同啦，你长得这么好，会找到好男人的。"

秋莲说完一抬头，发现凤嫂已经走了。

去医院拿病理结果，凤嫂胆子小，喊了邓嫂壮胆，怕结果有问题，腿软了没人扶。

医院像菜市场，又乱又吵。凤嫂拿了结果找医生，都说妇科男医生脾气好，是真的，医生看见凤嫂就一脸好笑容，扫一眼检查单，说道："结果很好，没事，你放一百二十个心。"

凤嫂喜哭了。

走出医院，邓嫂就说："妇科医生对你有意思，眼睛老瞟你的大奶子。"

凤嫂这个地方本来就不小，穿一件带海绵的胸罩，奶子裹得圆滚滚的，撑得衣服绷紧的。她认为妇科医生什么没见过，大奶子不算什么："他是看我戴的这块玉，原来罗老头给的，还不晓得是玻璃的不。"

"这个妇科医生蛮好的。医生退休工资高哩，他要是没老婆，你可以考虑，他也晓得你没病。"

"没闲心，我要好好耍几天。到长沙去不？"

"请假扣钱，耍又要花钱，划不来。"

"该耍还是要耍吧。我以为得了死病时，你晓得我最后悔的是什么？一世人没耍过两天好的哩！真的是埋头做事做到死，好不甘心。我啊，这回要晓得享受一点。做事要做，耍也要耍。没能力到外国去，近边的地方，想去就去，花钱也不多。"

"道理都晓得，做起来难呢。你一个人容易，我要是丢下家人，自己出去耍，就太自私了。"

凤嫂请邓嫂在店子里吃米粉，加了坛子里辣椒、酸豆角，边吃边聊：

"日子都过得紧巴巴的。要是天上落钱就好啊……"凤嫂叹气。

"昨天夜里看电视吗？一个保姆捡了十万块，交给警察了。"邓嫂说。

"傻不傻？有钱丢的人，证明钱多。捡的，不是偷的，不晓得留了自己用。"

"是的，拿一半再交，反正没人晓得。"

"我要是捡十万，天天请你吃韩国烧烤。"凤嫂加了一调羹剁辣椒，连了米粉汤一起吃完。

"吃一餐就行了，你还是留着养老吧。没有病就是福，好多人得癌，尤其是女人得子宫的病。前不久我舅妈也是的，右边肚子疼，一查就查出卵巢癌。"

"环境坏了。"

"医生说的，女的不要一个人过，没有男人睡，得子宫病的机会多些。要有固定的性生活。"

"不搞得子宫癌，搞多了得宫颈癌，到底搞还是不搞呢？"凤嫂问。

"乱搞不行。"

"搞一个都费力，哪有乱搞的。"

"奶子也要经常有人搓。没人搓的话，会得乳腺癌。"

"噢，单身女人就是该死。你家男人天天给你搓奶子吗？"

"自己搓也行，促进血液循环。气莫憋在心里，要发泄出来。"

"有男人，男人不给你搓，你要男人有什么用的？"

"不怕你笑话，我们有几年没搞过了，倒在床上眼皮子都睁不开，只想睡。他又经常上夜班，都不记得这回事了。"

"你们邓石桥的，屋里都有金子，为什么还要出来做事哩。做死了都抵不得一坨金子。"凤嫂问。

"其实……我不是邓石桥的。娘家在茅草街，嫁到了小河口，"邓嫂有点不好意思，"我也不是故意要撒谎，别人看我姓邓，问我是不是邓石桥的，我随口讲是的。别人就讲我住在金山里，羡慕得要死。我因为虚荣心，没有否认，装邓石桥的，装着装着就改不了。无所谓吧，反正没有骗财骗色。邓石桥什么鬼地方，我都不晓得在哪一方。"

"离益阳街上不远。听说原来山清水秀，现在山挖得癞脑壳似的，河水都是黄的。"

"只晓得有个周立波故居。周立波不姓邓，邓石桥的也不一定都姓邓嘛。我本来不想出来做事的。小河口这个地方，涨大水倒了大垣子，一概被水冲了。政府发的粮食，到手只有几块饼干。吃不饱，饿得要死，谷种都吃掉了。很多农民到外乡去讨米，拿钱到外边买秧插田。我屋里没钱买秧，田荒了，我男人倒还有心思乱搞。

"他们在草垛子里头拱，我以为是黄鼠狼，拿根树棍子戳，戳得哇哇叫，我自己也吓嘎一跳。那女的是一个村的。我没作声，回去只是问他，搭上她有多久了。他讲的只有这一回，我信了他的。我又去问这个女的，搭我男人多久了，她也讲只有这一回。怎么勾搭上的，两个人讲的也一样。她家的母狗跟我家的公狗交配，打不开，女人就来喊我男人，要他把我家的狗喊回去，她不想她家母狗怀孕下崽。那女的讲，如果她家母狗怀孕，就是我们的责任，要我们给一百斤稻谷，八十斤米也行。我男人听了着急，赶紧去喊我们家的狗，打它骂它，但就是分不开。狗的家伙是带弯钩的，钩住了，谁也没办法。我男人说，他不晓得怎么分开这两个畜生，只好站在一边，跟那个女的一起看着这两条不要脸的狗，等它们自己分开。看着看着，不晓得为什么，两个人就到抱到一起了，没多久就被我的棍子戳得哇哇叫。"

"只怪这两条狗不懂事，"凤嫂讲，"母狗怀了没有？"

"母狗没怀，那女的怀了。她悄悄找我男人，说她怀了他的种。我男人说她跟自己的男人睡一张铺，肯定是来敲他的竹杠的。狗怀孕都要一百斤稻谷，她怀孕只怕要得更多。果然，那女的要五担稻谷，然后去医院打胎，要不是呢，她就生下来。"

"她自己的男人晓得这个事不，他愿意戴这顶绿帽子啊？"

"晓得，哪里不晓得喽，两公婆商量好了，要诈我们一把。"

"后来呢？"

"后来，我男人也不傻，写了一张欠条，说如果她家母狗怀了孕，他就挑五担稻谷堆她家谷仓。他连夜搞坨老鼠肉煮熟拌了药，扔给母狗。母狗吃了死了，我们家公狗也吃了死了。女人说是我男人放的毒。她没证据。我男人反正没给一粒谷给她。后来才晓得她根本没怀孕，臭不要脸的。"

"后来呢？"

"崽女都到广东去了，过年都不回来。不找我要钱，是好事，最好将来讨老婆也不要我管。"

"那个女人还缠着你男人吗？"

"不晓得，再没碰到他们在一起了。有一回，我发现米桶里的米少很多，我男人讲他送了几斤给那个女的，毒死别人一条狗，觉得欠别人的。我一脚蹶翻了米桶，就是这样到街上来了。"

"哦哟，看不出，你也是个躁性子。"

"躁得心里疼哩。"

"你也蠢，你这是腾出地方来让他们放心搞哩。"

"随他们，只要莫在我眼皮底下搞，莫搞得我晓得。晓得了，我就忍不得。"

"邓嫂，你这是什么战术啊。"

"简单，他们搞一搞，搞多了自然就不爱搞了。你晓得的，公狗跟母狗搞一坨，打断棍子都打不散，到时候不用你打，自然就分开了。"

"随便他跟谁搞，只要不离婚。"

"我没有想这么多，只要不在我眼前晃。我出来几年，他变好了，我生日喊我回去，杀鸡剖鱼，搞了一大桌。"

"你经常寄钱回去给他用吗？"

"没有。去年他围了一块田养小龙虾，挣了点。他讲的搞几年砌新屋。"

"乡里砌个屋也要二三十万，还不是很大的屋。有二三十万，不如到街上买个屋，住到街上来。"

"他到街上来找不到事，没有技术。"

"好多事做得，搞点水果蔬菜卖、摩托车出租、送快递、超市搬货……学了搞装修也要得。"

"他都不爱搞，只爱作田、玩泥巴、栽菜、养鱼。他这双脚穿不得鞋子，穿了就打得起泡。我还做几年就回乡下去。你想想，乡里砌个大屋，南北通透，睡在床上都看见树，早晨被鸟叫醒。要吃菜到地里摘，新鲜得要死，市场上的菜都吃不得。"

上回买条苦瓜，看着新鲜漂亮，切开一窝臭水。街上不适合我们，坐牢一样。街上人还鼻孔朝天，看我们不起，挣点钱不晓得要憋多少气。"

"邓嫂你讲假话哩。我晓得你爱住在街上，想留在街上。街上这也不好，那也不好，但我们还是爱街上。为什么呢，热闹，有钱挣，有盼头。还有啊，你家里有事，只要你不想别人晓得，别人就不晓得。在乡下，有点什么事都晓得，天天拿了作歌唱，唱一世。唱得你死了，还会接了唱，街上只有鬼认得你。"

"街上是好，我承认。但一个乡里人，在街上住一世都成不了街上人，始终是个乡里人。走出去，别个一看，就晓得你是个乡里人，额头上盖了印一样。"

"晓得为什么不？"

"为什么？"

"我也不晓得。"

"天生的。"

"莫想这么多了，反正不搞犯法的事，没人来赶乡里人。"

"我们这些人就是草一样，没什么用。"

"我倒是觉得益阳这个地方，大家都差不多。"

"反正回乡里才踏实。"

两人聊半天，一碗米粉吃半天，交情又深了一层。抹干净嘴巴，分头到各自的东家，煮饭的煮饭，搞卫生的搞卫生。临走前凤嫂问邓嫂，愿不愿去毛小花家做保姆，工资待遇都很好，包吃包住。邓嫂听说工资高，一口就答应了。

给毛小花找到了保姆，凤嫂心里石头落了地，再加上身体没有事，心里轻松，进毛小花家门时，嘴里还在哼歌。

"小把戏呢？"凤嫂问。

"爷爷奶奶接去了。"小花在客厅里看电视，外国片。

"噢，爷爷奶奶还在世啊，我以为都过世了呢。小把戏认得他们不？"

"血缘关系讲不清。他们第一次看见爷爷奶奶，也不认生。奶奶讲，请保姆浪费钱，要把孙子接到他们家去，她亲自带。"

"啊，她这是要抢人吗？"

"我没有同意。我讲的孩子会想妈妈。奶奶讲，奶狗捉回来也会叫三天，叫三天就没事了。"

"她讲这种话，心有蛮狠。钱老板什么态度呢？"

"他的意思是，他娘七十岁了，带两个费力，大的送过去，紫薇留在这里。"

"只要孙子？"凤嫂心直口快，"这是要干什么哩。"

"崽也好，女也好，我都要留在身边的，所以麻烦你帮我找一个好保姆。"

"帮你找好了，都是我认得的，靠得住、做得好的。你工价出得好，找麻利的不难，都是益阳街上有名的保姆。"

"你留下不走，这是最好的。你要走，我不好勉强你。"

"小花，邓嫂比我会带人，耐得烦，又细心，小孩子都爱她，龙龙跟紫薇也会喜欢她。"

"要得，你想回来做，随便什么时候都行。你做的擂辣椒皮蛋我最爱吃。你讲的这个保姆养过孩子么？"

"她自己有崽女，在广东打工。她出来专门带人也有五六年了，她想再搞几年回乡下养老。她是个好女人呢。她男人搞了别的女人，她一不吵二不闹，还腾出地方来给他们。后来她男人良心发现，对她好得不得了，经常到街上来看她，给她送乡里菜吃，睡一夜就回去了。平时打电话，发短信，聊视频，搞得像年轻人一样。"

"只怕碰到没有良心的，连自己生的小孩都舍得。"

"小花，你要想办法，莫让他们带走龙龙。"

"我说过了，我跟崽女不会分开的，我要每天看着他们长大。"

凤嫂说小花的样子很奇怪，一不急，二不哭，好像什么都有把握。

十八

　　张翁妈喊我去聊天："小周，你来喽，我跟你商量一点事。"她还是这种腔调，有什么不在电话里讲，硬要面对面聊。我下午有两个小时休息，骑单车到张翁妈家只要五分钟。

　　我在水果店里买了几斤新鲜荔枝。张翁妈看见我，念了半天，"怎么又买东西了，到我这里来，不要讲客气。你赚钱辛苦，莫乱花，听见吗？"张翁妈讲的真心话，每回来看她，她都要找理由给我红包。

　　"我硬是不爱这个大女儿，也不爱大女婿，两个人一路货色。"张翁妈发了一阵牢骚，反复讲她大女儿的问题，"大女婿做五十岁生日，我给两百，你看够了吗？"

　　我说："张翁妈，我生日你都给了五百。你样样都做得好，莫在这件小事上，让自己家里人不高兴。"

　　张翁妈从厨房里拿出一挂粽子："这是我自己包的哩。有甜的，有咸的，还有肉粽，你带点回去。"她说着装进袋子里，放在一边，"五百就五百，我听你的。你晓得不，我生日，只吃了他们几根烂香蕉哩。张大爷过生日，他们也是什么都没买，就带了嘴巴来吃。还要张大爷拿钱买东买西，都是他惯的。张大爷身体不好，他们没照料一天。"

我说："他们也是看你这边照顾得好，不要人帮忙吧。张翁妈，自己的女儿，不是别人，你莫计较这些。"

我劝了一阵。张翁妈八十岁了，做起事来还蛮灵泛。她又找出一些吃的东西，装进袋子里。

"小周啊，我只跟你合得来。现在这个保姆，又蛮邋遢，拿抹布洗碗，拿洗碗布抹灶，被我看见了，讲了她几回，她还生气哩，今天人都没有来，不晓得是不是要辞工。这个女人别的什么都好，就是乱用抹布洗碗布。你讲，你也是农村里出来的，为什么跟她们不一样呢。用抹布揩刀擦砧板，没看见还好，看见了就吃不下饭。还有呢，马桶用了，不擦，经常不冲水，生活习惯这么难改吗？

"小周啊，你什么时候回来做喽。我不催你，我现在还动得，打算辛苦一点，到我动不得的时候，就靠你了哩！工资我都准备好了，存着没有动。养老院还是去不得哩，我听人讲，老是让人吃药，吃了好管理，饭菜煮得猪食一样。

"小周，你说，我吃得这么挑剔的人，怎么过得惯。别提我的女儿了，她们没一个会来照顾我的，媳妇更不会。她们会给我请保姆，我不要她们请，我自己准备了钱。我干脆死了都不要她们来。我大女老是说你想骗我的东西，别人对我好，她们就挑拨离间。我的东西，我爱给谁就给谁，只要有钱养老，就不怕崽女欺负我。讲来讲去，还是幸好我自己有钱，幸亏张大爷一个月有这么多退休工资，死了还补得十几万。她们只怕会打这点钱的主意。你晓得不，张大爷的同事火化，几个崽女，为了他七八万块钱的抚恤金，争得打架哩，出丑！"

"张翁妈，你有空多跟崽女沟通，有些想法还是要讲出来。我毕竟是外边人，不了解你家的情况，你们一屋人有商有量。你这边，你大女儿要是没意见，我争取早些过来，她在外边讲难听的，我听了肯定不舒服。但是张翁妈，只要你真的动不得了，我肯定会来，不要你喊，也不管你的女儿说什么，将来她自己会晓得的，我不是她讲的这种人。"

"我大女她两公婆，也是差点离了婚的，幸好我在中间撑着。二十年前的事了，大女婿在外面搞了一个女的，老是出差，大女儿还蒙在鼓里。有一回我跟踪他，跟到麻纺厂这边，看他进了一栋楼。我就守在外面等，等了几个小时，到要吃晚饭时，大女婿跟那个女的出来了。他看见我脸都吓得变了色。我假装什么都不晓得，说我到麻纺厂看朋友，随口问他回去吃晚饭不，丽嘉炖了野脚鱼。

"我走出几百米，大女婿跟上来，说他跟那个女人没别的关系。我说只要张丽嘉相信你就行了。他叫我莫告诉她，她爱吵，没事都会吵翻天。我讲，这个事情，我要是不告诉自己的女儿，等于我跟你是一伙的，我要是告诉她呢，也不见得帮了忙。我要大女婿自己告诉她，她来问我时，我再讲事实，但我晓得的不比她多。

"我肯定大女婿跟那个女的有关系，但没证据，没证据的事不能随便乱讲。还有呢，我是想看看他会不会收手。男的在外面总会有花花草草的事，逼急了会害了张丽嘉，她听到这种事就会要离婚的，一分钟都忍不得。当时她也三十几岁了，带两个崽，离婚不好嫁，崽也作孽。

"你猜后来怎么样？我这张老脸都不要了。大女婿跟那个女人在餐馆里吃饭，正好被张丽嘉碰上。大女婿胆子又蛮大，他说这个女人是我的表侄女，从湘阴来的，是我要他请我的表侄女吃饭，再送她上车回去。大女婿给我打电话，讲了半天，要我帮他这一回，保证再也不会发生。岳母娘替女婿打掩护，你没有听过这种事吧？我女儿问我什么时候有表亲，她都不晓得。我说其实表亲有不少，都是她外公扯的麻烦。他同父异母的崽女好几个，平时都没通往来，讲起还是认得。这个女人就是同父异母的女儿生的，我都只见过一两回，今天正好在街上碰到了。

"我大女相信了。我当时也不晓得这样做对不对，我想的是，忍下来，都会过去的。我年轻时忍了好多，现在还不是过得很好，老了崽女不孝顺，都没有什么好怕的。我女的脾气我晓得，她不像我，男女问题上，她完全忍不得那种事。你晓得吧，这个大女婿很狡猾，他晓得我这不是帮他，是为了我自己的女儿。他的胆子越来越大，搞得像张大爷一样，把表侄女带到他家里去了。张丽嘉还好饭好菜地招待她，夜里留了她睡在屋里，帮她在益阳找工作。我看了生气，又作不得声。

"好，这回你总算晓得了，我大女为什么对我不好，为什么跟我合不来，就是因为这个事。她觉得我骗了她，合了外边人骗自己的女儿。她讲我做的这些事都不像亲娘做的，我没办法解释。大女婿心太大，他居然会带到家里来，还打着我的名义呢。这样做人真的要不得。我一五一十告诉张丽嘉，我以为她会离婚。她没有，她一概怪得我身上，跟我唱对头戏，还骂我是后娘哩！还有不好听的，讲我拉皮条。这个鬼婆子，我被她气死了。"

我差不多要上班了，张翁妈还没讲完。

"小周，你说，我有什么对不住她。这个鬼婆子，我生了她，她吵了一百天，夜里不睡，我也跟着一百天夜里不睡。老子上一世欠她的，一点都不替别人着想。一个娘，未必会跟了别人来搞自己的女儿，用屁股想想都晓得呀。唉，就当我没生过她好吧？我请保姆她都要干涉，多事。我穿针线，她看着我穿不进，也不帮忙。我弯了腰钉被窝，累得要死，她也看得过去，坐着吃东西，看电视，想来就来，想走就走。她不晓得她小时体质差，经常感冒发烧，一发烧就要打针。她的父亲忙着跟别的女人搞，我一个人，跑上跑下，脚板都磨掉一层皮，心里那个气哦，你不晓得，我都想把她丢在医院里算了。丢了还好些，省得我八十岁了，她还要跟我淘气。"

我要张翁妈莫生气，都晓得张丽嘉是这样的脾气，算了，一家人嘛。

"我跟她不是一家人。她是树丫里结的，不是我生的。"张翁妈的气还没消，"我跟她讲，别的保姆我不请，我只请小周。她讲的，随便我请哪个都要得，只要不请小周。我就问她，为什么不要小周？她就说我的骨头都会被小周骗掉。我讲张丽嘉，你这个鬼婆子，你为什么不对我好一点，像小周一样用心来骗我呀，你来骗掉我的骨头呀！鬼婆子，没有良心的家伙，我银行里就是有一百万，我也一分钱都不会给她，我一概给小周。哪个对我好，就给哪个。假心假意的，我晓得，我还没有老糊涂。

"我要吃好的，我要到长沙去耍，还要到北京去，到天安门看毛主席。听说毛主席的遗体还像活人一样，我年轻时见过他，长得武高武大，像北方人。我要到天安门去。小周，我不要张丽嘉陪，你跟我一起去。路费我出，我们坐火车去，要得不？"

张翁妈越讲越没谱，我想，她也有点老年痴呆了。张大爷已经不能讲话了，没人跟张翁妈聊天，张丽嘉一来就跟她吵，张翁妈老是憋一肚子气，血压一上来，脸通红的，也很危险。

我本来想跟张丽嘉讲两句，听张翁妈说她对我印象这么差，也不想跟她接触，我晓得她会讲什么，她这张嘴巴说不出好听的。她可能恨自己的男人搞女人，但不向他发泄，把枪口对准旁边人，张翁妈最倒霉了。

我晓得到天安门去看毛主席是不现实的，她这么老了不可能到北京去，只是口里说说，不见得是真的，我也没有时间去耍，当时就哄她，答应了。过了一周，张翁妈打电话给我，又讲要到天安门看毛主席。

"小周，你请几天假喽，等天不落雨了，出了太阳就去。"我继续哄她，还是答应。没想到过了几天，太阳一出，张翁妈就准备动身去北京了。我这才晓得她是讲真的，我心想，带一个八十岁的有高血压的老婆婆到天安门去，不晓得路上会出什么事，出了事我负责不起。

我只好跟张丽嘉讲，张翁妈要去北京。

张丽嘉听了，反应跟我想象的不一样："她想到哪里去，就到哪里去，只要她去得成。"她讲得很轻松，根本不阻止，好像张翁妈只是到公园去散步。

北京远，我崽讲的，坐火车都要坐一天一夜，憋在铁盒子里，张翁妈吃得消不？

我只好做张翁妈的思想工作。

讲来讲去，张翁妈生气了："小周，你答应得好好的，怎么讲话不作数呢？是那个鬼婆子不准你跟我去吗？我就晓得她，就是不想让我称心。我说了，我的事不要她管。我来当面跟她讲，你莫急。这回我要跟她算一笔总账，我花自己的，吃自己的，她还要来捆我的手脚，见鬼了。这个鬼婆子，我不发一回脾气，她以为我真的怕她。"

张翁妈要打电话骂女儿，我赶紧捉住她的手："张翁妈，你听我讲，不是你的女儿不同意，我考虑的问题比较多。你想喽，要坐一天一夜的火车，还有汽车，转来转去。你有高血压，没出过远门，身体受不了的。万一在路上出点什么事，我怎么向你家里人交代呢。"

"小周，出什么事呀，我死在路上，也不会后悔的。莫讲这么多了，你回去拿两件衣服，我们马上动身。路上吃的我都准备好了，现金也带了。"

"你有身份证吗？"我想找点去不成的理由。

"有！我还带了老年证。坐车、景点，都不要钱的。"张翁妈清醒得很。

到北京去，对我来讲是大事，要是跟老李商量，他肯定不同意，他本来就要我离张翁妈远一点，省得她的女儿吃醋乱讲。我想来想去，先不告诉他，等上了火车，经过武汉时，我才给老李打电话，说我陪张翁妈到北京去。为了让老李放心，我骗他，说北京这边有张翁妈的亲戚来接。老李在电话里骂我，声音很大，我把手机放一边，等他骂完才拿起电话，这时他已经没有火了，话也好听一点，什么小心扒手啊，注意安全啊，照顾好张翁妈啊，我只晓得嗯。

讲来讲去，要感谢张翁妈，要不是她，我这一世都没有机会到北京去。张翁妈买的软卧，四个人一个小包间，床铺虽窄，也算舒服。另外两个床铺的，也是到北京去的。张翁妈跟她们聊得很晚，我困得眼皮都撑不开了，只听别人问："这是你的女儿吗？"张翁妈讲："是的。"

到北京以后，别人讲话，我们听得懂，我跟张翁妈讲话，就没有人听得懂了。好在这是中国，都是中国人，汉字认得一些，也晓得写，打的士，住酒店，都没有碰到麻烦。我跟张翁妈都没见过这么宽的街，这么多车，飞来飞去，吓得绿灯亮了都不敢过马路。

北京的消费比益阳高很多。酒店一夜四五百，房间里到处是飞蛾，死的是尸体，活的到处飞。

张翁妈是来看毛主席的。到天安门广场看一眼毛主席，心愿完成了，身上没有多少钱了，我们就买票回益阳，没软卧，硬卧也没，只好先买硬座，上车以后跟乘务员讲，调了一张卧铺给张翁妈睡，我在座位上坐了一夜。

到北京见了毛主席，张翁妈讲了好久。

十九

　　益阳街上有条明清老巷子，听说要拆，一些有文化的坐在巷子里，不吃不喝，要保护文物。政府搞一江两岸经济规划，开发旅游，要拆老街，砌仿古建筑。有文化的讲，益阳只有几个老地方了，不能拆，只能维修。一个胡子很长的老头干脆骂人，骂益阳这些当官的蠢：

　　"没有文化，只晓得挖，只晓得拆，长几百年的树都舍得砍，几百年的巷子都舍得拆。古建筑就在这里，你要拆掉，搞仿古建筑。仿古，仿你娘的古。你仿的未必比古代的有价值，你仿的古，未必比几百年前的还古，你的脑壳未必比古人的聪明。要搞文化旅游点，老建筑可以维修利用。你拆掉历史，搞这些假东西来吸引游客，中国到处都是这种假家伙，为什么要来你这种小地方，来看你的假家伙哩？兰溪镇几百年的枫林古桥，你们拆旧建新，拦都拦不住。不拆搞不活经济，不拆搞不满自己的腰包，你们看喽，他们这都是给自己挖坑，给后代挖坑。"

保姆们没事看热闹，听了这个骂、那个讲，反正只觉得好耍。

邓嫂说："这些破破烂烂的屋，拆了砌新的，为什么不行呢？街景都会漂亮些哩。"

"嗯的，住在新房子里，未必不舒服些啊？"谢嫂也讲。

"你们晓得什么鬼喽！"一个街上人，本来就气得不行，听了更加冒火，"这是几百年的老屋，我从小在这里生活的，我爷爷也是在这里生活的，拆了就没有了，只有照片看了。你们这些人，没在这里住过，没有感情，不懂就莫作声，莫讲这种蠢话。"

谢嫂吓得闭嘴，邓嫂跟这个街上人论理，论了几句，两个人吵起来，吵一阵，就要打架的样子。那是个四五十岁的男人，肚子一挺起，嘴里念个不停，捋袖子卷裤脚，但是动作很慢，半天没出手，好像等着别人来扯架。

"打女人，算个什么男人喽？"几个保姆挡在邓嫂前头，对街上人一通训斥，"又不是她要拆你的屋，有本事你去找政府呀，莫拿女人出气。"

"正是的！政府要拆你的屋，你来打女人。女人是好欺负的吗？"

"晓得市政府在哪里吗，要不要人带你去？"

保姆们你一句我一句，那个男人就像一条狗，被一群母鸡的硬壳子嘴巴啄跑了。

这个事我没在现场，我跟张翁妈到北京去了，都是后来听说的。

人比端午节看龙船还多。江边这条街，挤得满满的，有的拉起标语横幅，都是反对拆老巷子的。保姆们来得早，站的地方靠前，挨了这群文化人，听他们聊天，慢慢地搞懂了一点情况。

文化人都不是老巷子的人，不想看老巷子被拆，要保护它们，还说这是他们的责任。保姆们不懂，拆的又不是他们的屋，他们急什么？但文化人要做的事，肯定是对的，他们读了书，晓得道理。他们是坐办公室的，烂屋不能拆，肯定有他们的理由。

保姆们跟在文化人后面，还帮他们举横幅，手臂伸得笔直的，觉得好耍。

这些人有报社的编辑，有写书的、画画的，也有退休的老干部。凤嫂最会聊天，跟一个退休老头聊得很快活，没多久就晓得老头姓裴，原先是主席，写诗，写书法，老婆到美国带孙子去了，他在外国过不惯，一个人住在益阳，想吃河鱼就吃河鱼，想吃田鸡就吃田鸡，想跟朋友们喝酒就喝酒。

裴主席讲两句笑三声，一行一行，写诗一样。凤嫂本来气姓焦的，心里一块乌云，被裴主席的笑声一下子冲散了。猜了裴主席不蛮老，假模假式问他退休几年了，裴主席一答，凤嫂立刻算出他六十一岁，属鸡，正好大她一轮。

都晓得白鹿山上有个裴公亭。凤嫂问裴主席，裴公是什么人，裴主席跟他有什么关系。

裴主席又哈哈一笑，"裴公亭，是唐朝宰相裴休读书的地方，我的书法就是学他的。我翻过家谱，确实是裴家后人。"

"宰相后代啊，厉害！"凤嫂不晓得裴休，晓得宰相是大官，只比皇帝矮一级。

"我啊，无名小辈，愧对裴公。我一般都不讲这个渊源。"裴主席没有笑，"你老家是哪里的呢？"

凤嫂心想，跟宰相的后代聊天，只能选好的，但想来想去，没有什么值得一讲的，只好抿起嘴巴笑一下，"娘家是志溪河的。"这句话一下子搭通了线，裴主席的岳母家也是志溪河的。这条线搭得不好，讲它是一堵墙差不多。

两个人有一阵没作声。

邓嫂看凤嫂平时嘴巴钹一样，这会儿倒敲不响了，心着急，就替凤嫂讲道："她是八字哨的，上来做事有几年了。"

裴主席八字哨没有亲戚，哦了一声，打个哈哈："嫁得蛮远喽。"

邓嫂跟在后面笑。凤嫂用脚后跟踩邓嫂脚指头。

"你踩我脚做什么嘛，我又没乱讲。"邓嫂一嚷，凤嫂脸上更不自在了。邓嫂接着说："裴主席，你们这要坐到什么时候啊，这样搞有用吗，政府会听你们的吗？"

裴主席没有笑，"人多力量大，连你们都来支持，我相信会有个好结果的。"

"明天我们都请假来支持裴主席，要得不？"邓嫂对凤嫂眼眨眉毛动。

话刚讲完，来了一群警察，拦在文化人面前，手拿喇叭喊话："没事都回去吧，坐这里搞什么呢？没用的。项目政府批了的，属于法律保护的，你们影响工程进度，干扰秩序，扰乱治安，都属于违法行为。我劝你们赶紧走，回去吃饭打牌。"

没人听警察的，喇叭又喊了几遍。

长胡子老头对拿喇叭的警察讲："做警察应该做的去，这里不要你们管。我们都是守法的纳税人，你们还是去捉吃毒的、搞传销的、杀人放火的吧。老巷子是益阳人的文化遗产，你也有份哩，晓得不？手里有权力，也要用脑子想想，什么对，什么错。你说，我们是不是好人，我们保护文物错了吗？"

警察认得这个老头，笑起来，"孙大爷，我们是按照上边要求，维持秩序。推土机等一阵就会开进来，你老人家配合一下好吧，莫伤到你了。"

长胡子老头也认得警察，"田队长，你们都回去，这里不要警察，秩序蛮好。警察来了反倒乱了。"

裴主席也讲："你晓得我们的意思，老巷子拆不得，益阳的文化古迹要保留。你讲，是这个道理吗？"

"就是呀，老巷子拆不得。"凤嫂跟了裴主席讲，"老巷子跟裴公亭一样，是益阳街上的招牌。"

"是的，拆不得，拆了就没有了，只有照片看了。几代人住在这里，有感情的哩！"邓嫂捡了别人的话。

田警察还是一脸笑容，"这我就为难了。维持秩序，保证人民生命财产安全，都是我的工作责任。我工作没有做好，会受处分的哩，搞得不好，工作都会丢掉，理解一下啊。"

"你在这里也行，我们都坐下来说话。你既维持了秩序，又保证了我们的安全，不冲突。"长胡子老头说。

田队长摆摆手，好像别人递烟，他不抽烟。

长胡子老头拿走田队长的喇叭，对着这群警察喊话："都是益阳人，都为益阳好。你们这些后生崽，要么回去，要么也都坐下来，莫像要打仗的样子。我们都是好人，做的也是为了益阳街上的好事，以后有人看得见这条古街，晓得老益阳人是何解生活的。留下这些历史建筑，就是留下财富，晓得不？"

裴主席带头拍手板。凤嫂她们跟着拍。后面一些人也跟着拍。只听见手板拍得阔啦阔啦响。有人喊，有人笑，有人吹口哨。

警察还是站了不动。田队长走开，到江边打电话，讲了半个小时才转回来，脸上还是笑。

"我请示了领导。领导讲的，先不拆了。既然群众不满，就要广泛听取群众的想法。你们派出两个代表吧。市里面非常重视你们的意见，尤其是专家的建议，都是为了把益阳搞好。今天辛苦大家了，都回去吃饭吧。"

长胡子老头和裴主席代表群众去市政府商谈，警察都撤了，剩下的人也一下子走得一干二净。

凤嫂想跟着去，"这不是把裴主席他们抓起来吧？"

邓嫂笑她："就这关心裴主席了，搞得一见钟情哩。走吧，我跟你一起去，至少要他留个电话号码吧？"

凤嫂和邓嫂到了政府大院。政府只准两个代表进去，裴主席要她们在湖边等，谈完了再出来碰头。

两个保姆看见市政府的湖，喜得要死。

一湖的睡莲，白的、黄的、粉的，彩色的鱼游来游去，大的十来斤一条，两个人追着看。

邓嫂摘了几朵睡莲，没人来骂她，也没人赶她们走。

"裴主席这个人蛮好，有知识的退休干部，我看你们蛮般配的。要是他没老婆就好了。"邓嫂讲。

"他是有文化的，看不上我们这种人，你莫乱想。"

"不是我想，我是替你想哩！鬼婆子，我晓得你喜欢他。他一个人在益阳肯定也寂寞，说不定两公婆关系不好，分居的。先接触接触。"

凤嫂眼珠子亮了一下，一条大金鱼游过来，"莫乱想，说不定有人陪他住哩，这都搞不清的。"

"猜来猜去没有用，要了他的电话号码，慢些就会晓得情况的。"

"你讲政府会听他们的吗？老巷子是应该留下，拆了可惜了。有现成的古建筑，拆了砌新的仿古建筑，这是搞什么鬼呢。"

"搞工程承包的有钱挣，工人有事做，卖砖卖水泥的生意好，搞装修的也能做好大一笔生意。"

"听秋莲说，领导都把市政工程包给亲戚做，挣好多钱呢。"

"都是这样搞的。兰溪古桥拆了，就是内鬼。施工队是益阳文物局领导的亲戚，跟兰溪镇政府串通好了的。要不是这种关系，几百年的古桥，哪个敢拆呢？新修的桥丑得要死，又窄又不方便，过路的走一回，骂一回政府的娘。骂政府的娘也没用，树砍了接不上，桥拆了复不得原的。"

"老巷子还没有拆，不晓得政府会听裴主席他们的不。"

"要是听了裴主席他们的，断了好多人的财路哩。等下就会晓得结果的。"

凤嫂和邓嫂坐在石礅子上，看着开满睡莲的湖。

一个穿制服的过来，"哎哎哎，你们搞什么的？哪个要你们进来的？出去出去！"

"我们是来跟政府商量老巷子的，"邓嫂机灵，"两个代表进去了，我们在这里等。"

穿制服的不晓得老巷子的事，邓嫂就一五一十讲给他听，讲完又笑了问他家是哪里的。

穿制服的还是很严肃，硬要她们到外面去等，不准待在这里。他指了邓嫂手里的睡莲："你还摘花。这是市政府，这里的花是不能随便摘的，你们带身份证没有？"

"没事带什么身份证？你在益阳街上耍，都要带身份证的吗？搞得跟个警察似的。"

"这是我的工作职责，进来的都要检查身份证。"

"我们又没有进办公楼，都是打工的，莫这样搞。"

"哪个跟你们一样？出去出去，莫怪我不客气了！"

裴主席和长胡子老头一路笑着出来，看见穿制服的正要跟两个保姆动手。

"你要干什么？"裴主席问，"她们坐在这里犯了什么法？"

"我是按规定办事。"穿制服的矮了一截。

"你是警察吗？"

"不是。"

"她们有没有权利待在这里？"

穿制服的没有作声。

长胡子老头说："后生崽，你还没当什么官，没有什么权哩，就在老百姓面前耍起威风来了。这么漂亮的湖，不是私人的，是公家的。是纳税人的钱挖出来的，老百姓就有权利来欣赏。下回她们再来，莫赶她们，晓得不？再赶她们，你的工作也保不住。"

四个人走出市政府大院，穿制服的还在原地，好像在抹眼泪。

邓嫂后来对我讲，裴主席他们很高兴，政府把项目压下来，做进一步沟通，跟有关方面商量翻修老巷子的事。她急于去上班，没有跟凤嫂一起走，眼看着凤嫂跟裴主席到对面的奥林匹克公园里去了。

公园里头有樱花、竹子，山里还有野兔子。凤嫂跟裴主席在山里待了很久，不单只要了电话号码，裴主席还牵了她的手，手指头在她手板心里搓，搓得她痒兮兮哩。凤嫂就不断地笑。裴主席也跟着笑。两个人还没说什么话，就搞到一起去了。

邓嫂讲："现在的社会，莫以为只有年轻人晓得耍，老家伙耍起来，也有蛮疯呢，裴主席晚上就带凤嫂到自己家里去了。凤嫂也发了癫，明明晓得他有老婆，也管不住自己，老房子起火，碰到这个裴主席，凤嫂前面几十年都白过了，过去的男人都抵不上裴主席的脚指头。"

凤嫂后来告诉我，她对裴主席，什么都不考虑，什么都不图他的，他给她钱买衣服，她没要过一次。之前处过几个老头，给她一点钱，她就放一点感情，不给钱就没感情，水龙头一样，一关就不滴水了。她自己都不晓得为什么，一不想要裴主席一分钱，二没有想过要跟他结婚，只要看见他，跟他在一起，她心里就满满的了。

先不讲这么远。

裴主席跟长胡子老头从市政府出来，心里石头落地，夜里跟凤嫂睡了一觉好的，早晨被电话吵醒了。

"狗日的，他们漏夜拆了老巷子哩！"凤嫂跟裴主席一条心，讲起来也气得要死，"我跟着到老巷子一看，到处捅得稀烂的，大部分地方都推平了。有文化的没多久赶过来，拍照的拍照，打电话的打电话。只听见孙老头大声骂娘。推土机还没停，哐啦哐啦响。

"这些人从床上爬起来，一没有洗脸，二没有梳头，样子挺不好看的。雾罩了天，太阳出不来，空气憋闷。跟邓嫂打架的男人坐在边上哭，看推土机挖来挖去。

裴主席他们去找领导，但这时已经找不到负责的了，出差的出差，没有出差的不管这事，最后都不晓得是哪一个下的命令，部门之间踢皮球，球都踢瘪了。"

我坐老李的摩托车，经过老巷子，那里已成一片空地，野狗在上面嗅来嗅去。一眼看得见资江河，很多船停在河边。河对面的裴公亭从山林里长出来，白墙红顶。

我觉得少了点什么，心里不舒服，跟老李讲，老屋拆了可惜了，老李一听斥了我一顿。

"街上的屋，街上人的事，关你什么事？又没有你的份，要是乡里的宅基地挖了，你气都气得有道理。"

"好歹住了这么多年了，你未必对街上没一点感情啊？"

"你对街上有感情，街上对你没感情，何必呢？街上就是街上，不是我们的地方。"

"每回经过老巷子，晓得到这里就差不多到家了，突然这里空了，心里不适应。老李，有些人乡里户口都迁到街上来了，要不我们都迁出来算了吧，就做街上人，我们现在不是跟街上人一样过日子吗？"

"迁出来，宅基地没有了，田没有了，死了都没地方埋。

你想都莫想，乡里人就是乡里人，你以为半路上能变成街上人啊？莫到时候街上待不下，乡里回不去，真的是死无葬身之地。我们这样子蛮好，进有进的，退有退路。街上除了有地方挣钱，不比乡里好。"

老李不同意迁户口，讲迁户口就火直飙。

我只好说："凤嫂她们都来搞了静坐，他们骗走搞静坐的人，漏夜偷偷挖平的，太不讲道理了。"

"文化人也这么天真。上头要做的事，怎么会跟老百姓讲道理。没把他们关进去，这还是算顶客气的。"老李总是这种腔调。

老李年轻时吃过一次亏。1983年全国严打，老李十八岁，因为在马路边屙尿，被带走审讯。问半天，老李只晓得讲他尿急，不是耍流氓。他们写了两页纸，跟老李讲，签名按手印，就没事了。老李饿得要死，也没有看纸上写的什么，签字按印。第二天一辆警车直接开到乡里来，老李犯了"现行流氓罪"，判了四年。老李出来后胆子一点点大，从不惹别人，不管闲事，不闯红灯，只晓得埋头做事，散工回家，不跟别人耍。

"他们搞他们的，你莫跟着搞。静坐的这些头头，今朝没有事，不晓得哪一天会有事，一概有记录的。我跟你讲吧，就算他们坐在老巷子里一直不动，只有大亏吃，晓得不？老巷子要拆，都要动工了，没人拦得住，除非省里下命令，晓得不？乡里女人吃了饭没事做，跟着起哄，以为搞得好耍。几个亿的工程，老百姓拱几下，工程就不搞了吗？真是天真，脑壳里头进了水。我看啊，也是图表现的，吃了饭没事做。"

　　我晓得老李的个性，在外边不作声，只在我面前发牢骚，你不等他讲完，他会有无名火，随便什么就能引爆，发起脾气来吓死人。以前打崽女，崽女大了，都不在身边，打不到了，又不敢打我，只好不断地讲，我听没听进去，他无所谓，总之要讲出来。

二十

辞了工，凤嫂到碧桂园别墅区找到了新东家。本来天天骑单车，认得裴主席以后，改成电瓶车了。电瓶车枣红色，擦得雪亮的，头前系了红绸子。都晓得电瓶车是裴主席送的，给凤嫂的生日礼物，事先没跟凤嫂讲，给了个大惊喜。

凤嫂不晓得骑，裴主席带她练了几天。他坐在她后面，两条腿夹着她，夹得绷紧的，脖子跟脖子长颈鹿一样绞在一起，四只手扶了车头，就是这样教熟的。凤嫂故意学得慢，故意开不好，她就是爱裴主席坐在后面，两条腿夹得她绷紧的，在街上飞来飞去。

都不晓得凤嫂这么风骚。后来开熟了，裴主席坐在后面，两只手都得空了，抓了凤嫂胸前的肉，又搓又揉，有次电瓶车撞到树上去了，修了几百块，裴主席还笑眯眯的。后来更离谱，裴主席开车，凤嫂坐在后面，两只手也不老实，放在裴主席胯里，报复裴主席。裴主席没撞过树，只是连夜写诗。那段时间他写得格外多，经常发在报纸上。

保姆中间，只有爱嫂爱看报，为买码找灵感，经常看见裴主席的诗，有的几行，有的十几行。爱嫂像小孩子一样，读不懂，背得出。在秋莲铺子里，讲起凤嫂，就要背裴主席的诗，背来背去，大家只记得这一句：

月亮
一个苍白的句号
等你
在所有的路口

"'等你在所有的路口'，原来裴主席是警察。"邓嫂说道，女人们笑得要死。

于是她们见了凤嫂不喊凤嫂，喊"苍白的句号"，再后来喊"句号"。她们猜测裴主席这个句号的意思。有的讲句号不好，意思是两个人完了；有人讲句号好，意思是两个人结了婚。

有个女人说："诗只怕就是这样模糊的，写的人自己也说不清楚，读的人更是猜不透。"

"写的人自己都不知道自己在写什么，那是耍流氓。"

女人们笑。笑归笑，到底还是看得起裴主席，凤嫂跟着他沾光。

凤嫂跟了裴主席，人也变了，慢慢地也知识了，说话轻了，还多了一个口头禅，开口先讲"我认为"。

保姆们笑她，准备当主席夫人了。

凤嫂无所谓。她喜欢别人谈论裴主席，她的这种幸福，也只有跟耍得好的人分享。裴主席带她见过几个朋友，没有认真介绍过她，吃饭就坐了吃饭，吃茶就坐了吃茶，别人也不问，都有一种默契。裴主席给凤嫂买过几套好衣服，她穿了骑电瓶车去上班，到那儿再换作工衣。

凤嫂骑车在街上飞时，看不出她是个保姆。

裴主席经常跟美国那边搞视频，他一搞视频，凤嫂就自动到另一个房间里去，听他跟那边的人说话，讲了很多假话。他说他在屋里拉胡琴，凤嫂看见胡琴挂在墙上，落了灰；他说天天早晨跑步，他是在她身上跑，他喜欢早晨搞；他说益阳的老巷子拆了，益阳街上好多女人都跟着参加了抗议，有两个女的还作为代表到市政府去谈判了。凤嫂听了这句就笑。

凤嫂讲给邓嫂听，邓嫂也笑。邓嫂讲男人撒谎不打草稿，诗人撒谎就是诗。凤嫂认得裴主席以后，才晓得世界上有诗，有人写诗，反正不晓得诗有什么用。

"为什么要写'在所有路口等你'，别人讲的，那意思是警察捉逃犯。"凤嫂问裴主席。

"你就是逃犯，我要把你捉拿归案。"

裴主席这样一讲，凤嫂就懂了，觉得诗挺有意思。

除了写诗，裴主席还爱打麻将，一上麻将桌，就不再在所有路口等凤嫂，电话不接，信息不理，回来一身烟臭气。凤嫂不爱打麻将的裴主席，但晓得自己没有资格讲他，他上麻将桌，她就到秋莲铺子里去耍。她去耍的时间越勤密，女人们就晓得她跟裴主席之间的缝隙越宽，不像开头这段，鬼花子都看不见凤嫂的，两个人开着电瓶车到处耍。

林妹妹讲，裴主席跟凤嫂搞"车震"。

保姆都不晓得车震是什么。林妹妹一句话就解释清楚了。

"现在机关单位查得很严，不准公款吃饭，不准去酒店。这样一搞，开房费都省了呢，直接带了人车上做。你只要看见一部车停在树脚下，窗玻璃一层雾，里头就有人在搞鬼。有些人会开车到清静些的地方，叫啊喊啊，都没人听得见。还有玩命的哩，一边开车一边搞。有回摄像头拍到一部车，女的脑壳埋得司机胯里。只有这个事花样多，只要想搞，就有办法。"

林妹妹承认，她也试过车震，跟银行里的后生崽，感觉不好，紧张得要死，勉强搞完，反倒觉得自己像只野鸡。她把车洗得干干净净，再没在车里搞过。有一回坐她男人的车，车子开到野路上，她心里想，如果坐在车上的是个小姑娘，她男人可能就跟她车震了。老夫老妻，都没在野外搞一回的想法，哪个提出来，只怕是引火上身。所以两个人坐在车里，看看芦苇，望望湖水，说点工作上的事，讲讲公司，聊聊员工、旺季加班安排，很严肃的。

凤嫂是保姆中最时兴的，什么都敢试，电瓶车上车震，想不出他们是怎么震的。裴主席这么老，还能耍这么高难度的花样。

邓嫂讲裴主席有双桃花眼，这种桃花眼越老越骚。骚好不好，女人们争了一阵，结论是只跟自己骚好，跟别的女人骚不好。

凤嫂讲裴主席不是这种人，他没别的女的，见到漂亮女人都不会多瞄一眼的。

"只要不乱来，骚就是优点。骚的人心细，对女的好。"凤嫂认为裴主席跟她有真感情。

邓嫂有不同意见："对裴主席的老婆来讲，他跟你，就是乱来哩。"

凤嫂讲："所以嘛，我不是裴主席的老婆。"

女人们在一起讲男人，越讲越没禁忌，在聊天中扒得他们光溜溜的，他们都不晓得，但对裴主席比较仁慈，凤嫂不在时，也没人嘲笑裴主席，巴不得他对凤嫂好，多写点诗给凤嫂。

过了几个月，报纸上读不到裴主席的诗了，爱嫂觉得奇怪。凤嫂讲，他麻将瘾大了，原来只是白天打，后来夜里也不停，经常打通宵。他打夜麻将时，起先不晓得会打通宵，凤嫂在自己这边等，等着等着睡着了，一夜没音信。凤嫂就洗脸漱口换衣服，骑了电瓶车到碧桂园去，给东家煮早餐，他们有小孩子读书。

这家人从来不在外边吃早餐，很少进餐馆，想吃什么都在家里做，一周总要做一回大餐。植物油是进口的，水果是进口的，自来水只洗东西，用的都是瓶装水。凤嫂跟着吃得细肉白脸，但双下巴越来越明显。邓嫂讲凤嫂是到裴主席这里老掉的，看着好像挺快乐，不晓得有什么压力，难道她真的想跟裴主席结婚，做起了当裴夫人的梦？

凤嫂在新东家没做多久，这家人就散了。东家姓丘，三代人同住。两个老人家带孙子，丘老板两公婆做家具生意，下班回来吃夜饭。家具是顺德批发的，一年到顺德去很多次。十年前丘老板还在乡里种田，结了婚，带了老婆到益阳街上做事。他书没读多少，脑壳活泛，算数快。开始做了一阵搬运，后来骑三轮车送货，看见益阳街上到处拆，到处砌新屋，几十层的楼房从地上飙起来，他借钱贷款搞了一个家具店。家具行业火了，两公婆扑得生意里头，一下子挣了钱，在街上买车买屋，乡下也砌了新屋，很豪华，空着，放在那里让别人看，让别人眼红。

家具店请了一个活泼的小姑娘，接待顾客兼推销，有底薪，拿提成。小姑娘做得好，老板娘天天坐在办公室里打网络麻将。丘老板原来带老婆到顺德看货，老婆打网络麻将上瘾，不想在路上跑，留下看店面，就派小姑娘跟了丘老板去，还补出差费。

老板娘打麻将，没日没夜地打，顾客来看家具，她也不起身做介绍，打个招呼就继续打麻将。所以小姑娘跟丘老板一出去，家具就卖不动。丘老板跟小姑娘出去好几天，老板娘也不着急，她没想过丘老板会跟小姑娘搞一起，有一点警惕心，她都不会让丘老板带小姑娘到处跑。

凤嫂讲，老板娘聪明得要死，发现小姑娘跟丘老板有问题，假装不晓得。哪里开家具博览会，她都让小姑娘跟丘老板去，自己戒了麻将，开始行动，把银行里的钱往娘家亲戚转，几百万存款转个精光。

有一天，老板娘听见小姑娘在厕所里呕，晓得出事了，假装关心她，拿她当亲人。小姑娘没经验，老老实实说，她肚子里有了丘老板的崽。老板娘问，丘老板什么打算。小姑娘讲的，他打算跟她结婚。老板娘叹口气，既然他们都想结婚，崽都有了，她没有办法，只能成全他们。小姑娘很感动，直喊老板娘是个好人。

丘老板后来才晓得，两个女的背着他做了一件大生意，老板娘一脚把他踹到小姑娘这边，小姑娘喜得眼泪鼻涕一起流。丘老板本来想讨小姑娘做老婆，这时心里愧疚，觉得对不起老板娘，接下来发现账户空了，小姑娘的工资都发不出，这才晓得老板娘手脚快，他已经成了光杆司令。

丘老板跟老板娘论理，钱是两个人挣的，一个人独吞会撑死，至少一人一半。老板娘讲的，她要是被别人搞大了肚子，丘老板不会分一半钱给她，所以呢，丘老板把别人搞大了肚子，她也不会分一半钱把他，乡下的屋她不要了，街上的屋卖掉，一人分一半。

丘老板气得作不得声。

老板娘又讲，要打官司就打官司，法院会支持她这边，小姑娘怀了崽，就是事实婚姻，重婚罪，要去坐牢的。

原来老板娘早就有计划。丘老板气得作不得声。

丘老板左想右想，决定跟老板娘和好，又哭又跪。老板娘不上当。她也是个烈性子。她说饭碗装了屎，洗了装饭也吃不进。她态度强硬，没余地。

丘老板拿不到自己这份钱，日想夜想，想了一个好办法，绑架崽女，逼老板娘拿钱。但迟了一步，崽女被小舅子接走了。丘老板急红了眼，打算最后沟通，要回他的这一半钱。

老板娘算好了，他跟小姑娘两个人好，肚子里有了崽，不敢做出格的事，没有想到他突然发起狂来，搬了落地扇打她，捅得她在地上抽筋，送得医院就落了气。家具清仓甩卖，门面好久都没人敢租。

凤嫂跟着背时，半个月工钱没地方要，打算在裴主席的床上休息几天。裴主席喊了她吃安化吊锅子饭，吃到一半，讲出凤嫂最怕听到的话：他要回美国了。

二十一

第一次看见小花的崽女，我很震惊，他们比照片上的还要漂亮，我看着他们，话都不晓得讲了。他们都说普通话，不是新闻联播里的普通话，是益阳特色普通话，街上的小孩子都这个腔调。

小花的事我听了不少，假装不晓得，只做我该做的。

小花房子大，她没带我参观，我也没有乱走，估计有五六个房间，一两百平方米。我家四个人住五十平方米，住了十几年，想想都不晓得怎么挨过来的。可是等到崽上大学住校，女在培训机构教英语，我两公婆住在五十平方米的家里，觉得空空荡荡。

挤小屋过日子的，看见小花这种大屋，通常心里不是滋味，我没有。人比人，比死人，我不跟别人比，只跟过去比，日子比过去好，我就高兴。

凤嫂讲，钱老板超生好多个，罚款比张艺谋还多，新闻讲张艺谋罚款七百多万，钱老板只怕要两千万。钱太多只是数字，穷人听了没有感觉，七千块七百块，我还能拿自己的收入做比较，两千万太厉害，怪不得小花听了也脑壳晕，同意要钱不结婚。

菜是小花买的。她到厨房来，告诉我一些东西怎么用，哪些地方要注意。小花讲话没有什么热情，像个机器人。不是讲她对我不客气，她对我蛮好，没有阔太太那一套。她肚子鼓起来，有四五个月了，人有点蔫。带孩子的保姆家里出了事，今天请假，她要我不煮饭，带孩子出去耍，她一会儿叫外卖。

给小花带孩子的是邓嫂。我晓得她出了事。也不是她出了事，而是秋莲的表妹，卖红酒的苏小妹出了事。苏小妹是邓嫂的上线。在苏小妹家吃完烧烤，邓嫂入了会，发展几个亲戚，每个月开始有钱进，五六百、七八百，拿得欢喜，更加相信苏小妹，上个月又交了几万，成为三星会员。

苏小妹说的，三星会员好，进账更多，交十万升级五星，每个月能拿四五千。邓嫂没有十万，勉强凑了两万，交出去的钱加起来有三四万。其他保姆跟邓嫂一样，也是三星会员。月月有钱进，讲话很精神，做事也不像以前那样勤劳了。

"给别人拖地洗碗，累死累活，一个月只有两三千，当个三星会员，轻轻松松有钱进，过两年变五星，不比坐办公室的差，老了拿得更多。"苏小妹告诉下线，将来不只在益阳买屋，会像小碗那样有钱，这两个样板摆在这里，都看得见的。

邓嫂一直跟我讲，卖红酒的事有搞头，前一阵喊我逛街，给她男人买鞋，四五百块钱一双，眼睛都没有眨，还说便宜，原来四五十块钱一双她都嫌贵，似乎是故意做给我看的。接着又买条裤子配皮鞋，打折两百多，也跟买菜一样。

"女人要想对老公好，就多买鞋子衣服送给他，没有人不爱穿好的。"邓嫂讲。

我家老李就不爱穿好的，买回去的衣服稍微贵一点，他一看价格就骂人，不穿，要我去退掉。邓嫂说这是因为挣得少，没有多余的钱，有条件的不爱穿好的，那是傻子。邓嫂讲的也没错，但老李穿惯了普通的，有条件也不会穿好的。我没跟邓嫂争，我猜她想发展我当下线。老李打过预防针，我有免疫力。

邓嫂请我吃米粉，我抢着出钱。

我夜里没看电视，不晓得苏小妹被警察抓起来了。保姆们起先都不晓得是她，因为她低着脑壳，躲开镜头，怕别人认出来。苏小妹不是她的真名。新闻讲她们是一个诈骗团伙，搞传销，卖假红酒，三年累计骗钱五百多万，屋里搜出几百箱假红酒，当场砸得稀巴烂，抓了一些人，包括小碗。

保姆们打秋莲的手机，打不通，第二天早晨，秋莲店铺门还没开，她们就等在外面，一边吃小笼包，一边抹眼泪。秋莲夜里睡得早，也没看电视，一见这多人等她，以为来了生意，喜得要死，听说讲苏小妹被抓，才晓得惹麻烦了。

保姆们吵秋莲，找她算账。要秋莲拿钱出来，晓得不现实，要秋莲带她们到苏小妹家去要钱，她住的大屋，搬点值钱的东西，也能减少损失。

秋莲被逼得没办法，这才讲了大实话："她不是我的表妹。其实……我也不晓得她是哪里的。她到我店铺里来过几回，后来给了我一点钱，要我合作，假装我是她的表姐，组织一些人到她家里去耍。我想这事容易，我是开介绍所的，本来就是做介绍的，组织人、有吃有耍，没问题。我要是晓得她是个骗子，肯定不会带你们去。我跟你们是朋友，我什么时候害过人哩？违法的事我一件都不会做。违法的人，我碰都不会碰。只怪我没经验，看不出苏小妹是个骗子。我真的以为她买了新屋，要人多热闹一下。我要是晓得真实情况，我就不是人。"

"你跟着耍，卖红酒这么挣钱。你为什么不参加呢？"一个保姆逼问。

"我这门面打理费力，没闲心搞别的。再有，我也没钱，攒了几块钱，都给我老公治了病。"

"反正是你带我们到她家里去的，你跟她是同伙。"

"啊呀，讲句良心话，我要是晓得她骗你们，我遭雷劈。"秋莲发毒誓。

"我相信秋莲不是同伙，她不是这种人，逼她也没用。"邓嫂跟秋莲关系近一点，"我们到苏小妹家去搬东西。"

"都不要去了，那房子不是苏小妹的，"一个保姆走进来，声音没力，"是她们诈骗团伙临时租了骗人的。我刚刚从那边过来，很多人在那里，门贴了封条，进去不得。小碗也不是真正的富婆，狗日的，她演得真好，谁都没发现她是假的。"

"现在怎么办？人都抓起来了，钱会退给我们不？"一个保姆讲。

"退钱？想都不要想了。警察要是来抓你，说你是违法卖假酒的团伙，你解释得清吗？哪个相信你是上了当的。银行卡里月月进来的钱是怎么回事？到时警察一概没收，损失更大。"邓嫂最清醒，"唉，背时，碰了鬼，有什么办法。"

有的保姆哭出声音来。

一些人围着店铺看热闹。

邓嫂告诉我，她不是被骗掉最多的，有个女人发展乡里亲戚投进去几十万，都不敢回去，怕被亲戚打死。

我没跟小花说这些，也没必要说。我带着小朋友在小区荡秋千、捉蝴蝶、逗小狗，他们东跑西跑，我抱了这个抓那个，生怕他们摔倒，一会儿就累得满头大汗，幸好天要下雨了，我赶紧带他们回家。

小花问我，她肚子里这个，要不要生下来。我吓一跳，第一次见面，她就问我这么大的事情，难道她没人可以商量的吗？我说，这种事旁边人做不得参谋的。小花说，钱老板要她生，她娘反对，说钱老板只晓得要她生崽，就是为了把她困在家里，一世都只能依靠着他。问题是，钱老板靠不住，不说他的历史，只说他有了小花以后，又干了些什么。

小花的娘来一回，就发一回狂，钱老板干脆不跟她抵面。有人讲小花娘的精神病，是被钱老板气出来的。

我跟原来一样，不参与东家的事，不发表我的看法。我肯定不会讲，不要生了，跟一个不着家的男的，生两个已经够多。我肯定不会讲，不指靠钱老板，你也能过。如果他真的没钱养孩子，算了，不告他，自己生活，大学生找工作，比我没文化当保姆强得多，我的两个崽女还不是也养大了，我跟老李也没有累死。我肯定不会讲，人人都叹气，可惜了一个漂亮姑娘，读了那多书，只晓得关在家里生崽。

我觉得小花心里有主意，她问我，并不代表她真的不晓得怎么办。

她又讲了一阵凤嫂，说她嘴巴皮子薄，比我话多，还会讲笑话。我说凤嫂的性格是逗人喜欢，男的女的都爱跟她耍。

小花走到阳台，看着楼下。

雨落下来了。

小花不躲，还是看着楼下。

我忽然想起有个保姆说过，凤嫂在谁家做事，谁家就会死人，不觉心脏怦怦直跳。

两个孩子从房间跑出来，直喊肚子饿了。

小花回到客厅，一手揽一个，左亲右亲。她打电话催餐馆，送餐的很快到了，毛血旺、口水鸡、麻辣小龙虾，包装盒都很高级。

我吃完饭帮小孩子洗澡，晾衣服，他们娘儿仨挤在沙发上看动画片。

不晓得钱老板哪天会来，我想看看他到底是什么样子。过了两个星期，钱老板都没回来，只跟小孩通视频，没有和小花单独讲话。

小花说，她不想生，他不同意，生她的气，如果她不听他的，擅自去打胎，后果会很严重。小花夜里睡不着，眼圈都黑了，抱孩子手上没劲。她说夜里看他们睡得喷香的，她睁着眼看天慢慢变亮，听见鸟在树上叫，一点都不困。网购也没兴趣了，不时送我一个包、一件衣服，我不要，她就不高兴。她做什么你要依她的，不依她的，她就发脾气，情绪一下就上来了。

我看到的小花跟凤嫂讲的不相同，不晓得是凤嫂说假话，还是小花变了样。

有一回，小花娘来了，她想小朋友想得要死。巧不巧，钱老板也回来了。两个人抵面都不打招呼，像不认得一样。大人都不作声，只有小孩子说话。我觉得尴尬，埋头做了一桌子菜，喊他们吃饭。桌子上吃饭也没人说话，只听见小孩子喊要吃这样，吃那样，一会儿要妈妈夹菜，一会儿要外婆夹菜，等会儿又要爸爸夹菜。小孩子不作声时，就只听见筷子扒得碗响。最后是小花娘先开腔。

"早些到医院去好。肚子越大，人越吃亏。"小花娘说，"明天行不？我跟你一路去。"

"外婆，妈妈生病了吗？为什么要去医院？"男孩问。

"没事，打一针就好了。"小花娘回答。

"我不要打针。"女孩拍拍小花的肚子，"小宝宝也不打针。"

钱老板脸色不好看。

我捡拾厨房，拉上玻璃门，尽量避开。早晓得小花家这么复杂，我不会来。做工要到和睦的人家做，心情才会愉快。虽说别人的事跟自己没有关系，看了总会着急，忍着不说没问题，心里老是在使劲，有意避开，耳朵却竖了起来。

"这是我家里的事，你别管这么多，行不行！"钱老板说，"你来看小孩，没问题。你要是多事，搞得我们两公婆闹矛盾，那最好别来了。"

"两公婆，哦哟，你们是两公婆啊，我才晓得！"小花娘声音大了，"什么时候扯的结婚证哩？"

钱老板盯着小花，"你说，是要我滚出去，还是要她滚出去。"

小花想了想，"你是崽的父亲，我是娘的女儿。崽是你生的，我是娘养的，这没的选的。"

钱老板没想到小花会这么讲，很吃惊，眼睛都鼓出来了，"这是谁的家？你要搞清楚。这是我的家，还是她的家？是她家，我滚，是我家，她滚。就这么简单。"

"你要我娘滚，就是要我滚。这也是我的家，我不滚，我娘也不滚。这点权利，我还是有的吧？"

"我滚！"钱老板离开饭桌，抓起外套，薅了车钥匙，摔得门嘭的一响。

"爸爸为什么滚？"男孩问。

"爸爸为什么滚？"女孩也问。

小花没哭。

小花娘哭。

"小花，带孩子到乡下住一阵，等他来接你。"小花娘又怕断了经济来源，对钱老板怀着希望，"只要他来接你，我就要他同意结婚。不结婚，就别想接你们回去。"

"我不到乡下去。"小花很平静，"没事，他想来时，自然就会来，我晓得的。他这样冲出去，也不是一回两回了，总有一天他会后悔的。"

小花声音不大，我出来收拾桌子，正好听见了。小花的话有点唐突，但我没往深处想。其实就算我想得到也没用，我帮不了她，没人帮得了她，除了她自己。

小花娘开始翻旧账，嘴里念叨不停，都是些没用的废话。过一阵又讲到她的崽，坟地长满野草，她有空要去扯掉，扯草要戴手套，有个女人就是没戴手套扯草，被蛇咬死了。

我一边洗碗一边想，在这种家里我也做不下去了，过几天辞工，把谢嫂挖过来，算是帮小花的忙。等邓嫂来上班，我就对她说，张翁妈身体不好，要我去全天照顾她，我辞工，让谢嫂过来做。邓嫂讲谢嫂正好下个月辞工，东家经常一桌客，吃喝吵闹，她要陪着加菜伺候，累得要死。辞工不给小花添麻烦，我这才感觉轻松一点。

上午十点钟，我到小花家煮中饭，进门就看见两个老人逗小孩耍，要他们喊"爷爷""奶奶"。小孩认生，不喊。我后来才晓得，他们见小孩糖都没买一粒。小朋友躲开他们，扑进邓嫂怀里。老人脸上有点尴尬。后来邓嫂带小朋友出去耍。老人在沙发上坐稳，神情严肃。

"小花，你请几个保姆，开销太大了。有的钱能省就省，我们在家反正闲着，你肚子越来越大，我们想尽力帮你减轻一点负担，爷爷还可以教钢琴呢。而且，我们来带孩子，比外人带好得多。"老太太说。

"嗯的，小孩从小学一门乐器蛮好，都是这样培养的。画画啊，学英语啊，不学就输给别人。桃江也不远，开车顶多三十分钟，来去都方便。"老头接着说，"上回你不同意，要自己带，还不是带不了，要请几个保姆帮忙。亚东这两年生意做得不好，地皮不好拿，屋卖得不好，钱回笼慢。他是怕你担心，没跟你讲过，银行里欠一屁股债。算起来，他都是负资产哩。搞得不好，屋都要抵押的……唉，亚东从小就是这样，倔脾气，有什么不讲，一个人扛着，有些事啊，一个人扛不起的。"

老太太说："他就是这样让人着急，我前一阵还说了他。我说你有什么要告诉小花，你瞒着不讲，她会一直以为你生意做得好，钱多随便花，到时候家底空了，贷款还不起，银行来收屋，让小花她们搬哪里去住呢。"

我听了晓得，这个老太太是个狠角色，话也狠，一刀插到底，样子却很和气。小花只有二十几岁，怎么对付得了这种狠角色呢，就算小花娘在这里帮她，也不是老太太的对手。小花娘只晓得来横的，哭啊骂啊，撒泼打滚，别人小手指甲一弹，她就输了。

老太太盯着小花。

过了一阵，小花说道："前几天我娘来，要我去打胎，亚东对我娘是这样讲的，'这是我家里的事，你别管这么多，行不行！你来看小孩，没问题。你要是多事，搞得我们两公婆闹矛盾，那最好别来了'。"

两个老人脸都白了。

"我娘问他：'你们什么时候扯的结婚证？'亚东不作声，摔门走了。"小花笑起来，"龙龙和薇薇跟我没分开过。夜里睡觉要妈妈讲故事，半夜醒来要妈妈抱，早上打开眼睛还是要妈妈。他们只要我。你们就放心享清福吧，都照顾好自己，我这边不用你们操心。"

"小花，你怎么不懂呢！要替亚东想想，请两个保姆，这么大的开销，这种阔太太的生活，亚东背不起了。我们也不想看着他辛苦。"老太太挑明了，"你一天都没有工作过，不晓得在外边工作有好难。自己不挣钱，不晓得挣钱的苦，不是自己挣的钱，花起来也不晓得心疼。"

小花还是笑："没带过孩子的，不晓得带孩子的苦。天天抱在怀里，看他们一点一点长大，一字一句教他们讲话，一步一步扶他们走路，付出的不比外边的少，不比外边的工作轻松。生养过崽女的，都晓得，照顾孩子有多辛苦，当妈妈的，一世都不会忘记的。"小花不发火，音调也不高，"这个社会总是有一种偏见，觉得女的在家里带孩子做家务，是享福，不重要，也得不到尊重。女的搞好家务，还要在社会上打拼，好像这样才算付出，才算有价值。崽女的家庭教育，差不多都是女的做的。再说了，我家里的事，我自己心里有数。"

老头嘴巴撇了撇，想讲点什么，但一直到走出大门都没张开嘴。

老太太没占到上风，被小花讲得脸上青筋暴起，肌肉直跳，憋着一口气走了。

我才晓得小花讲话厉害，到底是读了书的。我从不管闲事的，忍不住支持小花："你说得太好了，这种做父母的，也不懂事。凡是想把小孩从妈妈身边抢走的，都是自私鬼。他们这样做，是不是钱老板的意思呢？"

小花站在阳台边，一只手放在肚子上，从阳台可以看见游乐场全景，孩子们在那里耍沙子、玩滑梯、荡秋千。

二十二

　　凤嫂有一阵动荡。东家死了，裴主席到美国去了，麻烦一堆，凤嫂吃不消，走路都没劲，听说搞传销的骗了很多人，庆幸自己没上当，心里才舒服一点。

　　"骗掉感情没关系，满大街都是公的。骗掉钱就惨了，街上没有钱捡，一分钱都要自己挣。"邓嫂是这样对凤嫂讲的，安慰她，要她莫惦记裴主席，她晓得裴主席这种桃花眼靠不住，"他说什么时候回来？他要你等他吗？"

　　凤嫂脑壳摆了又摆，"没说，我也没问。他到美国去是假的，应该是搞了新的女人。早几个月我就觉得他不对劲，不打麻将的，为什么突然打起麻将来了呢？为什么有这么好的体力，经常打通宵麻将？我当时没往别的方面想，现在是越想越有问题。这段时间，爱嫂又在报纸上看见他的诗了，什么海棠路的香樟树、益阳大道的樱花街、万达广场的龙虾馆……不晓得是跟哪个女的在浪。"

邓嫂说："算了，别去想他了。裴主席这样也不叫骗，长桃花眼的男人吧，就是任性，喜欢就在一起，不喜欢了就散，野马一样。他老婆都关不住他，你更莫想。你还不如这样想，跟裴主席好过、耍过、进过他的诗，这一世都值得了，哪个保姆有这种运气哩？"

凤嫂抿起嘴巴笑，眼角一把鱼尾纹扇，"说是这样说，我宁愿被骗掉钱，也不想丢掉裴主席……以后再也遇不到他这样的了。"

"听你的口气，还想被他骗几次了？"邓嫂也笑，"我上当是破财消灾。你也当破情消灾吧。四五十岁的人了，还为这种事绊脚绊手，别人讲起都会笑话，晓得不？越是痴情的，越是笑料。"

"我没事，也是跟你瞎聊聊。"

"没事就好。"邓嫂讲，"有蛮久没见过郭家嫂了，不晓得在哪里做事。听说她的崽还在牢里，媳妇跟别人好了，孙子郭家嫂带，她带得不顺心，一想到前夫跟那女的在大屋里过好日子，就不服气，硬是塞给他们了。前夫到秋莲铺子里来，打听郭家嫂住在哪里。秋莲不晓得，晓得也不会告诉他。哪个女的会这样蠢，帮一个在外边搞黄花闺女、扔掉老婆的男人呢？秋莲也是运气不好，碰到苏小妹这个人，保姆们都围着她吵，逼死她也没办法。后来只好都不讲这件事了，看见搞推销的就翻白眼，街上发广告传单的也不接，生怕又是一个坑。"

"你相信秋莲不是苏小妹的同伙？"

"都是出来做工的，秋莲不会这样害别人，心没这么坏。只能说，她也被苏小妹骗了，这种事都没经验。"

"她也是个苦命人，太老实了，被婆家人榨得焦干的。"

"那也是因为舍不得她男人。单方面的感情，吃了亏还讲不得，这叫活该。"

人们都说，保姆中间，好像只有邓嫂家没什么大麻烦，其实邓嫂也有一本经。只是她神秘些，有的事不拿出来讲，自己消化了。

我家住在大码头，这一片都是没钱的、低收入的，不热闹。人少，清静。我蛮喜欢。经常跟老李在江边散步。河风吹来很舒服。有天刚刚煞黑，我跟老李趿着拖鞋，从江堤这头走到那头，面对面看见有人两个脑袋四条腿，埋头走路，送葬一样慢吞吞的。走近了才晓得是一男一女，女的穿得漂亮，花裙子一飘一飘，少女一样。裙子我眼熟，仔细一看，果然是郭家嫂，吓得我一下子箍紧老李，脸埋进他怀里。老李吓一跳，我在外边没这么亲热过，他觉得有猫腻，眼看着他们走过去，还扭转脑壳看。

他怀疑我在外边搞了鬼。

我只好跟他讲郭家嫂的事，我说我藏起来是怕她尴尬，怕她这样子撞见熟人会不好意思。我问老李男的长什么样，老李说戴眼镜，头发白的，像个文化人。

"我才晓得，现在的女人都这样开放，在外面搞鬼，你没跟她们学吧？"老李问。

"你老婆没这个本事哩，天天做事，累得跟条狗似的，哪有时间搞别的。"

"你一年煮三百六十五天饭，等崽大学毕业，我们也到哪里搞搞旅游吧。"

"一家人到长沙耍两天也行。"

"长沙都没有出省，干脆到北京去。你反正去过一回，可以当导游。"

"到深圳去也好，看海，吃海鲜，吃个饱。"

我跟老李讲得热热闹闹，心里晓得那是不可能实现的。一年到头辛苦工作，攒了几块钱，就这样出去耍掉，这是碰了鬼。崽将来要讨老婆，要买屋，屋又贵得要死，终归要我们凑。我跟老李劳碌命，没关系，只要崽将来做轻松事，挣轻松钱。

我告诉邓嫂，夜里散步碰到郭家嫂，"一直听她说她喜欢年轻的，这回变了口味，跟了一个老家伙，只怕也是想结婚了。"

邓嫂就问我这个老家伙的样子，我学老李的话："戴眼镜，头发白的，像个文化人。"

邓嫂听了眼睛一鼓起，"狗日的，这是裴主席哩！他怎么跟郭家嫂搞一起了。凤嫂感觉他没到美国去，果然还在益阳！啊，他这是唱的哪出戏呢，我听了都心脏直跳，凤嫂不晓得受得住不。"

"不一定是裴主席吧。戴眼镜，白头发的文化人，益阳街上不少哩。"

"肯定是他，百分之百的。裴主席最爱那样子搂着女人的腰，埋头慢慢走路。凤嫂最忘不了裴主席的地方，就是那样搂着她的腰散步，箍得绷紧的。后来她的腰子越来越细，不是裴主席箍细的，是她自己不吃饭饿出来的。因为裴主席爱细腰，最好是两只手掐得住。有回凤嫂真的饿晕了，连着吃了几天饱的，腰上的肉风快地长起来了。裴主席捏了几下，就说她有'游泳箍'了，讲完就打麻将去了。他也是变态，四五十岁的女人，哪个腰子没几个肉圈圈。"

"他这么挑剔，难道在床上很厉害？"

"听凤嫂讲，也只一般般啊，手跟嘴巴还厉害一点。"

"她这也跟你讲，真是把裴主席剥光了。"

"裴主席跑这么远去轧马路，本来避开熟人，结果反倒碰了熟人。益阳太小了，搞来搞去都是熟人。"

"凤嫂心里一直不踏实，还在等裴主席回国呢，我要早些告诉她去。"

"看样子，裴主席搞了一段脚踏两只船的，只是最后跳到郭家嫂的船里头了。"

"凤嫂会气死。算了，还是不说给她听。"

"她迟早会晓得的，但等她心里对裴主席再淡一点，就不会那么生气，你说是不是？"

"嗯的，郭家嫂闷声不哧挖墙脚，也是做得出哩。"

"她吧，其实看不起我们这些保姆，勉强在一起耍，还觉得自己不相同。穿得好啦，街上有屋啦，前夫有钱啦，男人换一个又一个啦。"

"她还不是一样的寂寞得要死。"

"裴主席是个老手，反正他先告诉你自己有老婆，不让你有结婚的想法，耍得不爱了就说回美国去了。看看他和郭家嫂能搞多久。"

"总得有人来戳穿他。"

"都是些老女人，东西都用旧了，骗也没什么好骗掉的吧。他要是耍小姑娘，那性质就不一样了。"

"你是说，裴主席这是做好人好事？老女人的福音？"

"差不多。要绝经的女人，还有机会跟个文化人搞一段，等到七老八十想起来，也是有滋味的。我跟你这一世就没这么多花样，不晓得老了会遗憾不。天天陀螺一样转，只晓得做事，做一世哩，到死的那天才有休息的。"

"邓嫂，别羡慕这样的事。"

"这么多年，你除了老李，就没别人，就一回心都没动过？"

"有过喜欢的，这就像在超市买东西，看到了，喜欢，但不一定买。"

"是买得起不买，还是买不起不买呢？这是有区别的。"

"没有喜欢到硬要买回去，出了超市就忘了，下次看到还是喜欢，还是不买。"

"未必你从来没想过跟别的男人睡？"

"真的没想过。年轻时有老李，对别人没兴趣。现在四五十岁了，身体自动熄了火，要打几回才打得燃，一个月搞一两回算多的。"

"人比人，比死人哩！"

凤嫂到底晓得了。我没说，邓嫂也没说，是秋莲说的。苏小妹出事，秋莲心里有压力，总想巴结保姆，对人格外好。凤嫂的社保办得慢，怕卜菊仙跟苏小妹一样，也是个骗子，不断到秋莲这里来问情况。卜菊仙被秋莲搞得不耐烦，说她办了那么多人的，没碰到这样讨追逼的，很讨嫌。这种话秋莲不敢告诉凤嫂，反正只回复一句话，"在走程序"。

只怕是二万五千里长征。凤嫂心里越来越急。秋莲看见她就主动扯别的，讲哪个女的偷情，被捉奸在床，哪个闹离婚，有时还编些假的来讲。有天夜里九点多钟，秋莲没吃饭，想买两块蛋糕垫肚子，在窗外看见郭家嫂，跟一个男的坐在一起吃冰淇淋。秋莲没进去，悄悄看了一阵，晓得两个人不是一般关系。郭家嫂很久没到店铺来耍，原来是在搞对象。

秋莲憋着什么人都不讲，就等凤嫂来了告诉她。

有天中午，凤嫂来了，脸上不好看，坐了半天不作声。

秋莲在接待顾客，一个胖女人要找保姆照顾老娘，反复讲要做事麻利的、有责任心的，"请了几个了，都不合适。现在的保姆，事不做好，只晓得要钱。提几句意见，她就辞工，什么风气嘛。"秋莲说保姆不好找，市场紧张，乡下条件好了，好多人都回去了，所以保姆紧俏了。

胖女人注意到凤嫂，"你做保姆不？"

秋莲抢着说："她是益阳街上做保姆最有经验的。做得好，工价自然也不低。"

胖女人问多少钱一个月，秋莲瞄了凤嫂一眼，"她现在的东家给的是三千二，你要挖她，肯定要超过这个数。"

胖女人吓一跳，"头前几个都没超过二千五的。"

秋莲说："这就是她的市场价。那我给你留意一般的吧，有消息我通知你。"

胖女人一边走，一边咂舌子。

"怎么样，你反正有事做，她要真的起价，你就辞工算了。你们保姆的工价，就是这样涨起来的。我肯定维护你们，巴不得你们挣得多。这个胖女人家是开食品超市的，有钱，就看她舍不舍得。我先压着不给她介绍别人。"

"她难道不晓得到别的中介找，益阳街上又不是只有你一家。"

"别的中介也是这个价，都商量好了的。物价房价什么的都在涨，你们的工资也要涨，我们的中介费也会跟着涨一点。"

"房价涨得这么快，也是买屋的中介搞得不？"

"那我不晓得。反正我是站在你这边的，我现在把你放在优质保姆资源里头，总共只有十几个呢。周嫂益阳街上排第一，你排第二，工价差不多。你比周嫂年轻，她再做几年就老了，你很快就排第一。"

"那你是认为我会做一世的保姆喽，晓得我的社保买不成吗？"

秋莲本来只是巴结凤嫂，没想到凤嫂顺着扯到社保的事，气得直掐自己的大腿肉："啊呀，讲点天良好不好，我巴不得你像郭家嫂一样，找个好男人，结了婚舒舒服服过日子哩！"

"郭家嫂？原来闷声不响结了婚？难怪好久没见她出来耍了。什么时候的事啊？"凤嫂被吸引了。

"前一阵看见她跟一个男的，搂啊抱啊，好得不得了，看样子结婚没多久。"

"男的什么样，年轻的吗？"

"这回不是年轻的，头发都白了，蛮高大，戴副眼镜，像个文化人哩。"

秋莲后来告诉我，她说凤嫂的表情一下子变了，只问是哪天，在哪里看见他们，要她一五一十讲出来。凤嫂气得嘴皮子颤，眼泪流，拳头按在桌子上。

秋莲不晓得凤嫂发什么病，从没见过她气成这样，"莫哭莫哭，有什么问题说出来，我跟你一起想办法。"

凤嫂说："我要去找他。"

秋莲问："找哪个？"

"狗日的，你到美国去，也就算了，原来这样欺负人……郭家嫂，这个臭猪婆，明明晓得老子跟他在一起，她还要搅进来。"

秋莲这才晓得，传说中的裴主席，被郭家嫂挖了墙脚，惊得嘴巴合不拢。所有人只有邓嫂见过裴主席，其他人只听过爱嫂读他的诗，对这个传说中的文化人，都是昂起脑袋来看的。

秋莲扯住凤嫂："你冷静一下，先听我讲。我不晓得这个男的是不是裴主席，益阳街上戴眼镜的白头发文化人，不止裴主席一个。不搞清楚就去找他们，万一搞错了，脸都没地方放，传出来笑死别人，你说是不是？"

"不用说，肯定是他，我就是晓得他没到美国去。狗日的！你有本事你搞远些的，在保姆圈里搞来搞去算什么。"

"先莫急，等我帮你打听清楚再说。要是真的郭家嫂挖了你的墙脚，我们都对她不客气。"

凤嫂抹干眼泪，"我要撕破她的脸。"

邓嫂抱着紫薇来耍，进门正好听了这一句，问："撕谁？"

秋莲说给邓嫂听，邓嫂听了叹口气，对凤嫂说："我是怕你生气，一直没讲给你听。既然你都晓得了，我也不瞒你了。周嫂前不久碰过一回哩。他们两个人在河边散步，裴主席箍着郭家嫂的腰，箍得绷紧的。"

凤嫂眼睛鼓起来，"原来，你们都晓得，只有我不晓得？你们都维护郭家嫂，你们这样对我要不得。"

"碰了鬼哩，哪个去维护她喽！挖朋友的墙脚，我最看不起这种人。你想怎么收拾郭家嫂，我跟你一起去。"邓嫂也很生气，"拖到街中间，脱她个精光，要得不？"

秋莲吓得要死，"莫这样搞，都是女人家，把她脱得精光的，不就等于我们自己都没穿衣服呀，你们说是不是？"

"你说你一起去为凤嫂出面不？"

"凤嫂的事，我当然要去。打算怎么处理裴主席？"

"打他几个耳刮子，吐几口痰，蹶胯里几脚，要得不？"邓嫂乡里的这一套比较拿手。

"裴主席那么高，我手短，打不到，脚短，蹶不到，吐几口痰没问题。"

"只要你想打，我抱起你来你打。想蹶，我抱起你蹶。凤嫂就在边上看，不要她亲自动手。"

邓嫂跟秋莲两个人一边讲，一边偷瞄凤嫂的表情。

凤嫂哭笑不得。

小花跟我讲，是不是她的舌头有毛病，菜尝不出味。她说小时候吃的蔬菜，比肉都香，现在街上买的菜，看着细嫩，炒出来一窝水，吃起困淡的。她以为乡下种的菜好吃些，哪晓得差不多，茄子没有茄子味，番茄没有番茄气，黄瓜没有黄瓜香。

小花关心吃的，证明她心情好了。不晓得为什么，看着她就觉得作孽。"爱吃酸豆角不？我给你做一点。我还晓得做腐乳、泡菜，早晨配粥吃蛮好的。我原来给孕妇煮过饭，她最爱吃这些东西，现在还会找我，我一有空帮她做一点。你想吃什么，就告诉我，不晓得做的，我去学。"

讲了一阵，才发现小花其实没用心听，不晓得她为什么要让我讲这么多话，好像我只是一挂鞭子，她过来把引线点燃就走了，留下我这挂鞭子自己炸。

我还没讲辞工的事，小花这种情况，我不好开口。做了这么多年的保姆，我从没试过一拍屁股就跑的，总是要替东家考虑，让他们从从容容，不给他们添麻烦。

小花站在阳台上，看着楼下。

我一直以为她是看小朋友在游戏坪里耍。

我很后悔，总觉得小花是在我的手指缝里掉下去的。

钱老板一直没来，没跟小孩通视频。小花好像在等，一点都不躁。有时在本子上写什么，我猜是日记。我就跟小花说起崽的日记。崽从小学起就写，天天写。有回到乡下收拾东西，整理房间，发现一抽屉本子，看得我哭一阵，笑一阵。什么爸爸打他、妈妈气得哭、爸爸住院、妈妈生病、姑姑出嫁、爷爷生日、奶奶跟爷爷吵架……好的坏的，都写进去了。好多事我们都忘了。我说给老李听，他都想不起来，自己打崽打了那么多次，有几回还打伤了。他心里也不舒服，后悔下手太重。好在崽不记父仇。现在老李没崽高，也打不赢他了。

小花不理我，她的耳朵是配相的，没反应，她的眼睛总是看着一个地方，像瞎子一样。我猜她是想钱老板想的。她有时一根筋，读书多，别人讲什么很难听进去，不像做保姆的，你讲信你的，她讲信她的，没什么主见。就拿钱老板这件事来说，前面讲的几个办法，她一个没有选，准备怎么办，也不讲出来。她有三条路可以走：要一千万抚养费，跟钱老板和平分开；他要是不给，就不让他见孩子；最差的办法是到法院告他，让法院判决。但肚子里的这个麻烦，要不要都难。

我替她着急，没用，想得头疼。我问老李的想法，老李说，不是他的老婆，不是他的崽，他懒得费脑筋。我要他想一想，假如他是钱老板，会怎么办。老李讲的，假如他像钱老板这么有钱，就在乡下挖一口塘，种点荷花，砌一套别墅，种一排银杏，养两只藏獒，天天做大餐，请村里人吃流水席。

我拿老李没办法，你说正经的，他开玩笑。我晓得他是笑我，一个穷保姆，吃了饭没事，替有钱人着急，说我"吃地沟油的命，操中南海的心"，不晓得他这句话什么意思。

我不能不想小花的事。

有天小花娘来了，满脸喜色，跟小花讲，她离了婚，住到益阳街上来了，出租屋离得不远，走路过来只要十几分钟。她认得一些同乡，过几天准备找事做。

"你不晓得，我想离婚想了好多年了，这回解放了，一身轻。原来以为离个婚会死人，前怕狼，后怕虎，什么都忍了，搞了好多年。哪里晓得，没什么大不了，出来觉得好舒服，风吹得身上都不一样了。"小花娘带了离婚证，摊开来给小花看，"看见了吗，这张离婚照片照得好吧？脸上涂了点粉，嘴巴上抹的是印油，红嘴巴看了精神。头发是一个来结婚的小姑娘帮我梳的，她说绾起来好看些。"

小花瞄一眼离婚证，没发表意见。吃饭时突然讲："我晓得你离婚是做给我看。我不是不敢跟亚东分手，好多事我还没有想通，想通了就好了。"

小花娘脑壳直摆，"我不是做给你看，小花，不是做给你看。我一直想离婚，跟你父亲过不下去，以前要照顾你们，你跟小树都没有长大。"

"你看，你还不是一样为了崽女。"小花说。

小花娘后悔不该讲这句话，反而帮小花找到不离婚的理由，脸憋通红的，然后开始一通乱讲："他给了鬼钱你用，我买菜都要跟我算账，生怕落进我袋子里。你跟着他有什么好，随便找个什么人都比跟他强。你同学等你等了这么多年，你为什么不答应他？再过几年三十岁，拖几个小把戏，真的没人要了。"

桃花仑这一片乱七八糟，菜市场、学校、超市、商场，挤在一起。汽车、单车、摩托车、电瓶车、三轮车，老头、老太、小孩、女人、男人，坐办公室的、打赤膊的、挑了担子卖水果的……人夹车，车夹人，喇叭响不停。碰了撞了是常事，经常有一堆人围着看热闹，警察忙不赢。

秋莲的店铺在这条街后背，清静，也方便。保姆们买完东西，到她铺子里来休息，喝口茶，讲点八卦。秋莲晓得做人，六月天一瓷桶冷茶，冬天开水瓶没空过，进来的人随便吃，有时无意间做成了生意。

晓得郭家嫂挖了墙脚以后，秋莲对街上的行人格外注意，尤其是戴眼镜的白发老头。也会多瞄两眼店里吃饭的、冷饮店吃冰淇淋的、花店里买花的、树脚下歇凉的、服装店里买衣服的、发廊里搞美发的，她肯定他们在某个看不见的地方搞鬼，没想到他们会送到她眼皮底下来。

这天生意不错，错过了吃饭时间，秋莲到对面吃米粉，隔壁是个冷饮店，看见里面有个白头发后脑壳，白脑壳对面坐着一个女人，笑眯眯的，不是别人，正是郭家嫂。秋莲米粉也不吃了，立刻回到店铺给凤嫂打电话：

"他们在冷饮店吃东西。"

"哪个？"凤嫂没反应过来。

"郭家嫂跟裴主席哩。"

"没看错吧？"

"烧成灰都认得。郭家嫂越来越妖了，脑壳上还戴花哩。裴主席一只手放在她大腿上搓，真的不要脸。"

我刚刚洗完碗收拾熨帖，准备午休。听见邓嫂电话响，她挂了电话，要我帮忙看一阵小朋友，一溜烟跑了。

情况都是秋莲后来讲的。邓嫂五分钟就到了秋莲店里，凤嫂比她还慢两分钟，爱嫂跟谢嫂前后脚到。没想到真的要去手撕郭家嫂，脚踹裴主席，女人们又喜又怕。横过街道都没说话。凤嫂走前头，中间三个横排，秋莲最后。她在铺子里嘱咐凤嫂，莫打厉害了，打厉害了还得自己出医药费，划不来。

五个人进了冷饮店，里面就有点挤了。

凤嫂一眼瞄见白头发的后脑壳和郭家嫂的脸，血往上冲，指着郭家嫂就开始骂：

"郭玉梅，人都说你差，我不信，我碰了鬼，瞎了眼，还去替你讲好话。没想到你这样不要脸，搞出这样的事来。今天都在这里，你自己说，是你勾搭的他，还是他勾搭的你？"

郭家嫂脸色一黑，但她跟着文化人也变斯文了，一不作声二不动手。

准备来手撕郭家嫂的保姆都不作声，拳头都握不拢。

这时，白头发脑壳转过来，脸对着她们，眼镜片反光。

凤嫂嘴巴张开没声音，像活吞了一只青蛙，脸通红的，转身就往外面冲。

邓嫂也像碰了鬼，慌里慌张，跟着跑出去了。

秋莲更是吃惊，传说中的裴主席竟然有这么大的威力，凤嫂和邓嫂，两个女人在益阳街上天不怕地不怕，他只看她们一眼，她们就像老鼠见了猫。

"秋莲，这是搞什么，什么意思？"郭家嫂问秋莲。

秋莲觉得郭家嫂要不得，挖了别人的墙脚，还这副架势。

"搞什么，你真的不晓得吗？"秋莲不想得罪她，"凤嫂被你气死了哩。"

"她气什么，我哪里得罪了她？"郭家嫂说。

秋莲觉得郭家嫂过分，"你自己做的，自己晓得。"

郭家嫂扯住秋莲，"你先说，我做了什么事？"

秋莲瞄一眼戴眼镜的老头："你问裴主席，他晓不晓得。"

"什么裴主席？"郭家嫂蒙了，"我不认得。"

秋莲看郭家嫂还狡辩，索性捅穿了，指着白发老头讲："他原来跟凤嫂，你在中间插一脚，你说凤嫂气不气？"

郭家嫂看着老头，眼睛都鼓出来了。

老头稳稳地坐着，笑着对秋莲说："我看你们是认错了人。我不是裴主席，但我认识裴主席，我们两个人是有点像，熟人都经常搞混看错，莫说你们了，误会误会。"

秋莲后来跟我说，她也羞得耳根子发烧，不晓得怎么走出去的。回到店铺里，凤嫂和邓嫂没影子，只怕也是不好意思见人，只有谢嫂跟爱嫂坐得铺子，一直说一直笑。

秋莲说，幸好没像事先计划的那样，什么都不说，冲进去先打郭家嫂，再问她晓不晓得自己为什么会挨打，晓不晓得挖墙脚没好下场。她们准备打得郭家嫂鼻子出血脆地认错。五个人袋子里都装了烂番茄、臭鸡蛋，准备打完人再扔到郭家嫂和裴主席身上，臭死他们。

邓嫂说当时她们像黑社会的，"凤嫂跟郭家嫂说时，声音发颤，不晓得是怕还是气。郭家嫂不晓得什么事，白发老头转过脸一瞄——我的娘哪！他不是裴主席。搞错人了，赶紧掉头就走。"

后来凤嫂道了歉，郭家嫂原谅了她。这样一来，凤嫂便相信裴主席真的到美国去了。

秋莲胆子小，回到店里，心脏还在怦怦跳，生怕郭家嫂来找麻烦。郭家嫂是个母老虎，平常像只猫，发起飙来吓死人。原来那个后生崽缠着她，甩不脱，她喊几个男的，打得后生崽瘸了一条腿，要是再来骚扰，就要挑断他的脚筋，让他只能爬着走。

谢嫂急着去上班，秋莲肚子饿得叫，爱嫂陪她去吃饺子。秋莲一口气吃了十个，肉馅里吃出一根阴毛，没作声，放下筷子不吃了。爱嫂看她浪费粮食，就一口一个吃完了。

爱嫂记得晚上出码，瞎子已经选好了，要秋莲记得写码："这回不搞多了，只搞一百块钱的。师傅说，他对特码没有灵感，要我选一个。今天五个女人，装了十四个烂番茄，番茄是红的，肯定是红波。我也不晓得是选五，还是选十四。"

"加了郭家嫂，六个女人，还有五个臭鸡蛋。"

"莫打岔喽！一搞就搞乱了。番茄是红波，码没有出白波的。"

"你欠很多钱了哩，庄家说你下周必须结清账。"

"欠多少？"

"一万八千多。"

"这么多？上次说都不到一万。"

"上次，上次有个把月了。你搞了几次大的，没有搞中。"

"下回会搞中的，莫着急。"爱嫂倒安慰秋莲，"我有预感，臭鸡蛋烂在袋子里，肯定有好事。"

爱嫂跟了秋莲回店铺里写码。

秋莲手机里一堆短信，都是要她写码的，她像小学生做作业，一概记在本子上。

秋莲有三本作业本，一本是介绍对象的，一本是介绍保姆的，一本是专门写码的。介绍对象的封面写了两个字"男""女"；家政介绍这本写的是"保母"，写码的封面只有一个字"马"。

本子翻得腌菜一样。

"庄家到底是什么人哩？"爱嫂伏在桌子上，看秋莲写。

"不晓得。跟我联系的，也是个写码的，级别高一些。打个比方，我这里是乡一级，大庄家在长沙，中间隔着镇一级、县一级、市一级哩。"

两个人正说话，门口光线一暗，"都莫动！手放桌子上！"警察来了。

秋莲和爱嫂的手本来放在桌子上，他们一喊，吓得放到桌子下。

"双手摆在桌子上，听得懂益阳话不？"警察又讲了一遍。

秋莲吓得颤，以为警察是郭家嫂喊来的，心想这个女人的本事通天。

警察拿起小本子翻了翻，"哪个是谭秋莲？"

爱嫂图表现："我叫顾爱家。"

"我问的是哪个叫谭秋莲。"警察是个年轻人。

"我要是顾爱家，她肯定是谭秋莲。"

"这是什么逻辑，狗屁不通。"

"我讲的是事实。"

"再问一遍，谭秋莲是谁？"

"是我。"

"你是哪个？"

"我是谭秋莲。"

"你跟我们到派出所去一趟，协助调查。"

"调查什么？"秋莲脚发软，"在这里讲一样的嘛。"

警察没回答，问爱嫂："你是在这里买码的不？"

爱嫂不吭声。

警察把小本子翻得阔啦阔啦响，"顾爱家，一百八，欠款……顾爱家，八十，欠款……顾爱家，三百，欠款……顾爱家，五百，欠款……欠这么多钱，你是做什么的，挣多少钱一个月？"

"当保姆的，一个月两千三，年终有几百块钱奖金。"

"顾爱家，你也跟着到派出所去。"后生崽命令，"谭秋莲，你这个门面暂时关闭，你还是贴张通知吧。"

"为什么要关闭？"秋莲问，"我犯了什么法？"

"买码非法，你不晓得？"

"我没有买。"

"你这种庄家，比买码更严重。"

"我哪里是庄家哩？我一分钱都没收过。"

"你这本子里写得一清二楚，这是证据。走吧，到派出所讲去。"后生崽很客气，"快点贴张通知，暂停营业。"

"你这个警察蛮好人的，屋里是哪里的？"爱嫂问。

"我在执行公务，不闲聊。"后生崽笑一笑。

另外几个警察在外边吃烟。

"我不晓得怎么写，你有文化，你帮我写吧。"秋莲把纸和笔递给后生崽。

"你让她写。"后生崽说。

"我更没文化。"爱嫂手直摆。

年轻警察没办法，三两下写好了，秋莲撕下来，用双面胶粘在门旁边，锁好门，上了警察的车。

秋莲不怕了，在车上跟警察聊天，知道有个警察跟她是一个乡的，只隔两三里路。到派出所，一个样子很恶的警察问话，后来又分别问话。有人录音，有人记录，完了还要按手印。

爱嫂接受教育，学习三天，交了两千多块钱的住宿费、材料费、伙食费，她身上没钱，打电话找瞎子，瞎子要她等，等了一天都没送钱来，爱嫂只好打电话找我。我取了现金送过去了。我想的是，这下好了，派出所教育三天，端掉这个买码的窝，爱嫂再不会买码了。警察顺着藤子摸瓜，大庄家小庄家抓了好多个，有些要判刑，也不会有人找爱嫂还账了。

秋莲的情况不同，本来要按小庄家处理，要关押的，幸好来的路上，认了一个老乡警察，说起来，还是没出五服的亲戚。他帮了秋莲一把，最后只罚款五千，教育二十天。

秋莲在看守所天天吃包子馍馍，没蔬菜水果，屎都屙不出，憋出病来了。又幸亏老乡警察帮忙，搞了通便的药，吃了屙不停，又吃止泻药，出来的时候，人都变了样。她本来焦干的，出来更是一身皮包骨，眼睛陷下去很深，养了一段，脸上才有点肉。

秋莲在外边说，派出所的人都很好，不骂人不打人，她在里头，像走亲戚做客一样，很舒服，长了见识，学了知识，书都读了好几本，都是派出所自写自印的，背得最熟的一句是"珍爱生命，拒绝黄赌毒"。

二十五

我自己家里出了点事，女儿又谈了一个朋友，只比老李小五岁，离过婚，还有个十几岁的儿子，老李气得直跺脚，坚决反对。女儿表面上听话，要她相亲她也去相，相了十几个，两个人都同意的，至少有三个，但交往十天半个月就没有消息了，后来才晓得她自己搞的鬼，装傻子，把别人吓跑了。

我们拿她没有办法，同意她带男的回来看一看，一看也可以，各方面条件都不错，就是年纪大了。我跟女儿讲，大这么多，下半生就没人陪你了。女儿讲的，她活短一点，他活长一点，就差不多了，再有呢，没人晓得以后的事，好多离婚的、病死的、车祸死的，不是女的守寡，就是男的成单。她还举了一些例子，我们承认她讲得有道理，就是过不了自己心里这一关。

老李讲，女婿跟岳父一样老，别人看了要笑话。女儿说，别人是别人，自己过自己的，与别人无关，只要自己舒服。老

228　**女佣手记**

李没办法，不敢当面骂她，只拿我出气，说我生个古里古怪的家伙，想法硬是跟别人不相同，不承认是他自己平素惯的。对女儿老李没说过一句重话，大了不怕半个人，她也不是硬碰硬，只给我们碰软钉子，不晓得在哪里学的。有一天她宣布，准备年后结婚，我跟老李就彻底投降了。

我跟凤嫂讲起这个就头疼。凤嫂说，女大不由娘，她的女儿谈爱结婚，她从来不干涉，人是她自己选的，是好是歹，都怪不得别人。

"你怕崽女摔倒，一直扶着不松手，你能扶他们一世？早点松手，早点绊跤，早点晓得自己走路。"凤嫂说完又笑，"这是裴主席原来讲的。他的崽女教育得好，没一个淘气的，他说后来都是他向崽女学习。"

"裴主席会回来找你不？"

"不晓得。"凤嫂说，"无所谓，一辈子过了四五十年了，谁晓得还能活几年。"

凤嫂陪我逛超市，说我不像买东西的，像搞检查的，拿起来瞄眼标价再放下，选半天只买了两盒鸡蛋。本来鸡蛋都不想买，鸡蛋跟北京一个价。我跟张翁妈到北京那回，特意到超市看过，有些东西比益阳的还便宜。我平素不进超市，进来只想看有没有打特价的，在街上这么多年，超市什么时候打特价，我摸清了规律。

凤嫂讲我晓得过日子，不晓得我只能这样过日子。

凤嫂买了一瓶植物油。她说跟裴主席吃植物油吃惯了，觉得猪油腻人。我没有笑凤嫂。结账时，凤嫂接到邓嫂的电话，她说昨天好像看见派出所门口很多人排队，都在报案，今天就听说是办社保的人跑了。凤嫂被电击了一样。我跟她从超市出来，风一样扑到秋莲铺子里问信。

"我也是刚刚听说，"秋莲一脸苦笑，"卜主任跑了。"

凤嫂差点没站稳，"……她跑得哪里去了？"

秋莲摇头。

"谭秋莲，我不管，这个事我只认你。"凤嫂突然翻脸，"你把钱还给我。"

"呀，钱是卜主任收的，条子也是她开的，我手指头都没碰一下呢！前一阵派出所罚钱，我都是找亲戚借的，我哪里有钱喽！"秋莲样子可怜，"现在还不晓得什么情况，你也先去报案吧，要是追得回来哩？"

我又跟着凤嫂去报案。她脸黑了，眼泪在眼眶子里转。

"狗日的秋莲，不是好东西。上回骗保姆都去卖假酒，搞传销，害了多少人。这回又骗人买社保，要不是她，我的钱还在银行里生利息……狗日的……"

凤嫂骂完秋莲，又骂卜菊仙："我当时看见卜主任就觉得不对劲，又说不出哪里不对劲。骗子总是有股骗子味，就看鼻子闻得出来不。我闻出来了，没有警惕，就是因为相信秋莲。她总是吹牛，说卜菊仙怎么厉害，益阳街上没她办不成的事。

你说说，不怪秋莲怪哪个？她刚到街上来时，我没少帮她，后来带了好多生意给她。益阳街上的保姆，差不多都在她这里来找事做。你说，我怎么这么背时，被男的骗感情，被朋友骗钱，输得一身精光，什么都没有了……"凤嫂声音一阵大一阵小，一阵哭一阵骂，有时失控，拳头在树上捶。"这口气会把我憋死……我想不通，我不报案了，我只找谭秋莲。"

凤嫂转身回去，我拖着她，"先去报案，别的回头再说。"

"要是卜菊仙死在外边，我的钱就没有了；抓了她坐牢，我的钱也没有了。横竖没有了，舍不得吃，舍不得穿，攒了钱给别人用，我想不通……"

凤嫂犯了哮喘病一样，坐在地上起不来。

我陪她坐了一阵，不晓得怎么劝，这事要是发生在我身上，我也受不住。

"先报案，搞清楚情况，再想办法。"我对凤嫂说，"退一万步讲，就算钱真的没有了，气也没办法。我也不比你好哩，有件事我都没说给你听，你们都羡慕我的崽读大学，不晓得他有多淘气。闷声不吭借高利贷买了苹果电脑、苹果手机、照相机，几万块钱哩！追债的电话打到我这里，我才晓得这件事。那段时间我正好看到一些借高利贷的新闻，还不起跳楼的，逼得家里卖屋的，被打成残废的，没想到自己的崽也借了这种催命钱。接了电话吓得一身韧软的，都不敢跟老李讲，怕老李发脾气打人。自己悄悄地凑钱还了，利息都还一万多。我只能这样想，好在发现得早，利滚利息滚息搞下去，我家里也会逼出人命来。我还了债，再告诉老李，老李气得要掀屋顶。你不晓得哩，发生这个事以后，我的心一直吊在那里，不晓得哪一天，崽又搞出事来。"

"五坨百块子……"凤嫂自言自语似的，"我抱女儿都没这样抱过，看头前瞄后面，生怕别人抢。我的血汗钱哪……要不是谭秋莲，我不会买什么社保，我不会取出钱来放进别人的袋子里。我只找谭秋莲，报案没用的。卜菊仙在益阳街上这么有本事，她不晓得跟派出所打招呼？裴主席跟我说过，他们都是一伙的。今天你给我办事，明天我帮你办事，出了事都没事，吃亏的就是没门路的老百姓。"

我拉凤嫂起来，"莫坐地上了，先去报案登记，钱要是能追回来，就有你的一份。"

凤嫂想想有道理，这才同意去派出所。

一听是社保诈骗，民警眼睛都翻得天上去了，不晓得是看不起我们，还是烦这个案子。安排我们坐好，水都没倒一杯，听凤嫂讲话，一不做笔记，二不问话，等凤嫂讲完，挥手赶苍蝇一样，"晓得了晓得了，先回去吧。"

"这就行了啊？"凤嫂说，"我还是留个电话号码吧。"

民警拿出小本子，腌菜一样。

凤嫂写好联系方式，心里还是不踏实，"人什么时候能抓回来？钱什么时候能拿到？"

民警说："不晓得，这不归我们管。"

"不归你们管，归哪个管？"凤嫂大声说，"你们吃了饭干什么的，骗子这么多，你们不抓，哪个来抓。猫不捉老鼠子还叫猫吗，猫不捉老鼠子还养猫干什么？你们不把卜菊仙捉回来，不把钱还给我，我就死在这里！"

凤嫂喉咙里出粗气。

民警吓得讲好话："莫急，你的情况我们都了解了，跟你一样受骗报案的有一两百个，我们肯定会非常重视。我们的责任，就是保护老百姓的安全，保护老百姓的财产。相信政府，相信我们。"

凤嫂眼睛一翻，突然倒地。

派出所一阵骚乱。

二十六

凤嫂心里的苦没有哭出来。

她晕倒在派出所，警察先是掐人中，接着泼凉水，总算把她弄醒，她的报案记录，从破本子上转移到电脑里，跟其他上当的人一起，让凤嫂放心。我后来才晓得，凤嫂是装晕。

凤嫂想自己的钱，胜过想裴主席，五万块挡住了裴主席的脸。夜里闭上眼睛，就想起了五坨钞票的样子。她还想起银行里小姑娘数钱的手指，卜菊仙写收条的样子。

没多久保姆圈都知道，这件社保案子大得不得了，卜菊仙骗了几千万，还牵涉到别的部门跟领导。案子被强行压下，不让报道，不能公开，不然会轰动全国，上面派人来检查，益阳官场会有大麻烦。卜菊仙在香港、澳门躲了一阵，主动回来自首归案，等着判刑。听说她替别人办好过社保，开始只是收点辛苦费，后来心贪，收的社保钱一概自己留了，自己给别人发社保，反正有的人交了钱，等退休还有些年头。本来也没事，一切挺顺利，哪里晓得在澳门豪赌，输光了，露馅了。

益阳的老百姓都晓得，一个名叫卜菊仙的老女人，骗了几千万，爱赌博，包养小白脸，老公在益阳当官，崽在国外留学。保姆们说起苏小妹，与卜菊仙比，小巫见大巫，个个惊叹卜主任的大手笔。

秋莲抿着嘴巴，样子很不好意思。苏小妹的事她勉强撇得清，卜菊仙这边她就没法解释了。保姆们轮番到店铺来吵，吵得她做不成生意，吵得她越来越焦干的。有一个保姆是叶家河的，乡下户口，交了十几万给卜菊仙，她老公带七八个强壮的亲戚，袋子装着铁锤什么的，到秋莲这里来闹，发现没东西砸，就砸墙壁，砸电话，砸桌子，有个男的拿着锤子盯着秋莲，秋莲吓得缩成一团，只晓得哭。

只有凤嫂没来找麻烦。她也没有死在派出所，闷声不响打了三份工，上午在张家搞卫生，下午到李家煮两餐饭，夜里到王家搞卫生，算起来一个月能拿七八千，好像跟市长的工资差不多。保姆们喊她欧市长。欧市长不休假，不闲聊，埋头日夜工作。我很佩服凤嫂，钱也好，感情也好，去了就去了，哭完骂完，重新开始，没什么可以打垮她。

后来凤嫂告诉我，秋莲给了她两千块钱，说是从卜菊仙那里得的介绍费。她说卜菊仙不是骗子，只是不该到澳门赌博，输多了，才动用了别人买社保的钱，"卜菊仙是不是骗子，结果都一样，钱没了。"

我有一阵没到秋莲铺子里去，有天到桃花仑买东西，顺便去看她，不晓得什么时候关了门，外面贴张门面出租的通知，联系人不是谭秋莲，电话号码也不是她的。

有个女人站得树底下，头发乱蓬蓬的，侧脸看着有点熟。女人抬起脑壳，看着天空笑，好像发现了新鲜事。

"朱家嫂，蛮久没见你了哩！"我认出她了，她的肚子挺起来，看样子很快就要生了。

"嗯的呢，我到北京开会去了。"朱家嫂突然向我敬军礼。

我想起油菜花开的时候，朱家嫂没穿衣服在街上跳舞，现在肚子这么大，不晓得是谁搞的。

朱家嫂念完，自己鼓掌，向树敬了个军礼，挺着身体往桃花仑方向去，边走边唱：

> 八月桂花遍地开
>
> 鲜红的旗帜竖呀竖起来
>
> 张灯又结彩呀
>
> 光辉灿烂现出新世界

我后来再也没有见过她，不晓得她会在哪个旮旯里生崽。

人们说两只鸟在一起，一只死了，另一只也活不长久。张大爷死了以后，张翁妈的身体一下子垮了。我买了吃的去看她，只见她走路腿打战，我准备在小花家做完最后一天，辞工，过来照顾张翁妈，给她煮饭洗衣搞卫生，炖营养品。

走在街上，窗玻璃照见人影，我看见自己的样子，有点难过，头发白了一半，不晓得什么时候白的。这么多年我没认真照过镜子，没仔细梳过头发，没收拾打扮过，也没好好耍过一天……就这样老了。

在厨房切菜，想到自己一脑壳白头发，精力不集中，手上也没劲。

小花就是这时从阳台跌下去的。她写的那封长长的遗书，网上到处流传。她没写钱老板的名字。很多人读哭了。人们不理解为什么她有那么好的生活，却不要命了，连孩子也带走了。媒体说她得了抑郁症。我不晓得抑郁症是什么东西。

图书在版编目 (CIP) 数据

女佣手记 / 盛可以著. — 北京：北京十月文艺出
版社，2020.12
ISBN 978-7-5302-2031-3

Ⅰ. ①女… Ⅱ. ①盛… Ⅲ. ①长篇小说—中国—当代
Ⅳ. ① I247.5

中国版本图书馆 CIP 数据核字 (2020) 第 016842 号

女佣手记
NÜYONG SHOUJI
盛可以　著

出　　版　北京出版集团
　　　　　北京十月文艺出版社
地　　址　北京北三环中路 6 号
邮　　编　100120
网　　址　www.bph.com.cn
发　　行　新经典发行有限公司
　　　　　电话 010-68423599
经　　销　新华书店
印　　刷　河北鹏润印刷有限公司
版　　次　2020 年 12 月第 1 版
　　　　　2020 年 12 月第 1 次印刷
开　　本　880 毫米 ×1230 毫米　1/32
印　　张　7.5
字　　数　140 千字
书　　号　ISBN 978-7-5302-2031-3
定　　价　36.00 元
质量监督电话　010-58572393
如有印装质量问题，由本社负责调换。

版权所有，未经书面许可，不得转载、复制、翻印，违者必究。